幸福的关键词

韩昌盛 著

与文学名家对话 · 中国当代获奖作家作品联展

主编 高长梅 王培静

花山文艺出版社

图书在版编目(CIP)数据

幸福的关键词 / 韩昌盛著.—石家庄：花山文艺出版社，2013.7（2021.6 重印）

（与文学名家对话：中国当代获奖作家作品联展 / 高长梅，王培静主编）

ISBN 978-7-5511-1696-1

Ⅰ.①幸… Ⅱ.①韩… Ⅲ.①散文集 – 中国 – 当代 Ⅳ.① I267

中国版本图书馆 CIP 数据核字(2013)第 292215 号

丛 书 名：	与文学名家对话：中国当代获奖作家作品联展
主　　编：	高长梅　王培静
书　　名：	**幸福的关键词**
作　　者：	韩昌盛

策　　划：	张采鑫
责任编辑：	于怀新
责任校对：	齐　欣
特约编辑：	李文生
全案设计：	北京九洲鼎图书有限公司
出版发行：	花山文艺出版社（邮政编码：050061）
	（河北省石家庄市友谊北大街 330 号）
销售热线：	0311-88643221
传　　真：	0311-88643234
印　　刷：	永清县晔盛亚胶印有限公司
经　　销：	新华书店
开　　本：	710×1000　1/16
字　　数：	115 千字
印　　张：	9.5
版　　次：	2013 年 7 月第 1 版
	2021 年 6 月第 2 次印刷
书　　号：	ISBN 978-7-5511-1696-1
定　　价：	32.00 元

（版权所有　翻印必究·印装有误　负责调换）

目录 CONTENTS

第一辑　沿着一条路走

印象 ———————————— 002

杨集街 ——————————— 004

今年 ———————————— 011

泗县走廊 —————————— 013

沿着一条路走 ———————— 022

院门 ———————————— 024

从杨集到大韩 ———————— 027

第二辑　每一片叶都会跳舞

父亲帮我看房子 ———————— 032

父亲，在门外 ————————— 034

南瓜饼 ——————————————— 036

葱和蒜的味道 ————————— 038

手机号码 ————————————— 039

每一片叶都会跳舞 ——————— 044

16 岁的盛宴 —————————— 047

CONTENTS

第三辑　　**最勇敢的孩子**

谁听过那首《栀子花开》……… 052

上海真大 ……… 055

鸡蛋茶 ……… 058

班主任 ……… 060

记得 ……… 064

微笑，是一条河流 ……… 068

芹菜 ……… 072

最勇敢的孩子 ……… 074

梦想和大地一样肥沃宽广 ……… 076

CONTENTS

第四辑　　飘扬的床单

从空而降的礼物 ……………………………… 080

阿啊同学 …………………………………… 085

飞落的诗稿 ………………………………… 090

飘扬的床单 ………………………………… 092

小包 ………………………………………… 094

CONTENTS

第五辑　那些温暖的地方

脚步 …………………………………… 098

幸福的关键词 …………………………… 100

那些温暖的地方 ………………………… 104

与冬天有关 ……………………………… 107

旧历新年 ………………………………… 111

向上或者向下 …………………………… 113

面对一棵树 ……………………………… 118

CONTENTS

很远很远的远方 —— 121

深入夏天 —— 126

季节剥落的声音 —— 129

幸福是一只鹅 —— 132

经过一座山 —— 134

不要忘记和一只猫说话 —— 137

路上 —— 140

第 一 辑　沿着一条路走

幸福的关键词

印 象

这一年,印象与行走有关。

早晨,我站在一条小街上。小街是我熟悉的小街,我可以准确无误地指出某一栋楼房的前身,一片洼地,或者一个单位的宿舍。当然,中巴也是我熟悉的,包括声音。我在街的东头就能听出是高集方向还是黄圩方向过来的车。

车来了。一般是一辆灰头灰脸的出租车,我将自己塞进去。很多司机都认识我,他们知道,在早晨6点半左右,这个安静的乘客总会出现在这里。

到县城时,7点钟。我向东走,和很多晨练的人相遇,还会遇见买菜的女同志。这时,我骑上自己的自行车,一下一下蹬着,很快,像是初中上学时,生怕耽误了语文老师的晨读课。

中午,我需要上街吃饭。晃过一家一家饭店,我在寻找自己的目标。中城街很长,有时晃到尽头,也想不出自己究竟要吃什么。我给自己定过标准,五块钱,一碗羊肉面,偶尔炒一个素菜外加一块钱的馍。过了一些日子,我和我的自行车晃到了一中附近,那儿有许多供学生吃饭的小食堂。炒一碟菜,三块钱,可以搭配芹菜、土豆、千张、豆饼,还是三块。和很多学生在一起,我们都不说话,埋头吃饭。偶尔,遇到一两个以前我带过的学生,三四个人热闹地挤着,聊聊天。说起我在一中上学时打饭的情形,他们竟然有一些向往。

然后,再回办公室。有时步行,穿过很长很长的马路,看很高很高的广告牌,还有许多呼啸而过的外地客车,我就感觉很亲切。客车上的乘客们会记住一个地方——泗县,因为广告牌上写着"泗州戏之乡"几个大字。也许,有人会看到我在缓缓地行走。当然,他们记不住我，我和路边的树、野草、铁栅栏一起，在速度中都被忽视了。

不被忽视的是下午。我记着时间，到车站坐车。我将自行车蹬得飞快，飞快地掠过两旁的灯火，那是这个城市晚上的漂流瓶。饭店、超市、歌厅，它们都在尽情地释放，吸引着人们。可是，与我无关。我要穿过下班的人群，穿过饭店门口的车流，赶到那个小小的院子，寻找一辆标记是黄圩的班车。车在，就好。挤进去，站着。车不在，我就联系小街上的出租车——站在国道边，顶着满眼的灯光，等候那辆灰头灰脸的出租。当然，很亲切，看到它，我知道，我可以回家了。

有时候，不需要回家。是星期天，妻子和女儿到城里来。我们住在一个10平方米的储藏室里，有一张床，一张桌子，三个板凳。我们围在一起吃饭。不吃饭时，就出来，在小区里行走，或者到楼上看看。那里有扇门，打开它，就是我们将来的住所。我不习惯于这么空旷的房子。经常有一些工人在里面涂涂抹抹，而我的工作很简单，就是按照他们的要求，到街上去买各种各样的物品：比如水泥，我知道是270块钱一吨；比如开关，12块钱一个，不算好，也不算坏。我在大街上行走的时候，不说话，攒足了劲，进商店和老板砍价。从店里出来，我会扛着两根水管，或者一圈电线，穿过城市，交给工人。

我喜欢这样的日子，来来去去，我就和小城熟悉了，只是不喜欢房子里的"流行"，比如，我想在卫生间里装一口水缸，用剖开的葫芦水瓢，还想在餐厅里放一张矮矮的桌子，添上七八个凳子，我们可以像小时候一样坐着吃饭。

但是，很多人笑我，说我没有走出农村半步。这是真的。星期日的下午，我们一家三口穿过半个城市，到那个小小的车站，寻找一辆标记为黄圩的车，坐上，回到小街去。那里，我们生活了15年。小街后面是老家，那里，我住了20年。可是，仿佛一刻也没有离开过。

第一辑 沿着一条路走

杨集街

车　站

　　曾经有一个车站，两间房子，一间商店。一个矮矮的妇人挟着铁夹子走上车卖票。

　　等车的人可以坐，坐在商店门前，坐不住，就买烟抽，或者买一两毛钱的小食品，咀嚼着打发时间，借机问一下车到的时辰。那个甜甜的妇人会看着墙上的挂钟，告诉他们还有几分钟。我也问过一次，上高中时，替班主任家割麦子，骑车返回城时雨太大，睁不开眼，就在这车站里躲雨。我们数了身上的钱，够坐车的，就问商店老板车来的时间。老板看看我们，说他们不带自行车。我们站在屋檐下，愣了很久。

　　公家的班线很快停止了。私人的客车一个接一个跑了过来，从黄圩经杨集到县城的客车有37辆。于是商店的生意很好，卖水，卖袋装的食品和冰棒，好像还有晕车药、治烂脚丫的膏贴，都放在柜台上。里面添了一台电视机，老是放中央一套的节目。我就坐在板凳上等，看着附近的房子一间间盖起来，说是统一规划了。

　　车站就被规划掉了，剩下一片空地。东西的大街，南北的县道，交汇在一起，没有遮风挡雨的亭子，但人们还是习惯叫车站。客车到达时，总是要停七八分钟。女老板从车窗伸出头来，用手搭起凉篷向街里远望。座位上的人急了，催走，老板就理直气壮地说："这是车站"。

　　的确，今年，交通局在这儿建了一个停车亭，有护栏，还有座位和一片水泥地。客车的售票员会发一个牌子，上面写着：杨集到泗县，五元。售票员说，过了车站，往北一步就是六元。我信。车站往南，去县城，越来越近，往北，越来越远。

邮 政 所

邮政所换了不少位置，先是在粮站，又在乡政府对面，再换到小学的西面，直到现在的食品站西侧，据说，都是租别人的房子。因此，我常常在街上遇到前来汇款的大爷，到处询问邮局在什么地方。

所长也经常换。我来杨集工作时，邮政所的所长姓彭，个子不高，很和气，业余时间喜欢打鱼，邮政所移到粮站以后，所长姓朱，白白净净的，可以让我到里面看投递员分报纸。朱所长将邮政所搬到乡政府对面时建了一个院子，当作办公用房。后来电信和邮政分家，邮政所搬到了小学的西面，调来了一个姓赵的所长，对我很客气，经常探讨孩子学习的事。他的孩子很努力，趴在柜台上写作业，字也很工整。大概是离家远的原因，赵所长很快就调走了，接替他的是一个姓彭的小伙子。我去取报纸时，看到很久以前的彭所长站在柜台里面，对着小彭所长指指点点。我才知道，他们是父子关系，小彭所长和我年纪相仿，对我很热情，总是谦恭地笑，抬起头来，告诉我又有一张汇款单了。

其实，很多时候不是为了汇款单。邮政所和学校很近，我订了很多报纸和杂志，《散文》、《随笔》、《小小说选刊》和一些晚报，怕送到学校会被别人拿去看。于是，我天天傍晚到邮局拿。小杨是个老邮递员，个子矮矮的，很和气，看到我就去拿报纸，有时找出两封信，多半是杂志社或者毕业的学生寄来的。然后，我们聊天，深深浅浅地聊，聊我的稿费，聊他

的工作。小杨便笑,指着高高矮矮的货物笑。

其实,我很早就注意到了,柜台外面是成堆的化肥,还有酒、卫生纸,像一个杂货店。小杨说这是物流,有任务。我便不说话,看报纸,一个字一个字看。看完了,准备走回去。偶尔遇到两个学生来寄信,很神秘的样子,不会写邮编,地址好像写反了,换了一个信封,再写,封口,粘邮票,动作并不熟练。我指导过一两次,大多看着他们快乐地改来改去。毕竟,有人写信,让人高兴。

菜 市 街

菜市街原来在派出所门口。因为只有派出所门口是水泥路,下雨天上街不会带太多的泥水。后来换了一个领导,认认真真地将两条主街都铺成了水泥路,于是菜市街又重新定位在南北街。

南头是鱼市,一个绰号叫大傻的中年人长期在那里卖鱼。也有别人,规模没有大傻大,所以经常会竞价。我遇到过几次,大傻蹲在车上,抽烟,高声喊,两块三一斤。西边的矮个子老板站在地上,喊,两块二。大傻端起了网罩,兜起十几条活蹦乱跳的鱼,像一个英勇的战士一样——两块钱一斤。这场价格战最终以一块钱一斤作了结局,胜者自然是大傻。因为大傻直接从洪泽湖批发鱼,有底气。这样的事并不多,因此,鱼市上只能听到大傻的粗嗓门:"两块九一斤,少了不卖。"鱼摊旁,围着许多提着塑料袋的人,等着大傻往下倒鱼。靠近十字街是猪肉架,四个油光光的架子也很热闹。油腻腻的屠户,将刀蹭蹭,问你买什么样的肉。妇女精明,指定要哪一个部位,而且不依不饶,坚持多要一些瘦肉。屠户生气了,说以后不卖给你这样的妇女。妇女便高兴,买到一块好肉,心满意足。我只往西北角的架子去，只说10块钱，尽量好一些。肉确实好。他告诉我，不论你怎么讲、吵，我们的刀是有路线的，保证一扇肉搭配卖完。其实，他们卖得很快，10点左右就都卖完了。后来，我还知道，他们都属于食品站，合伙经营。

往北是青菜区，什么都有。摊子往往堵住路，这些是小贩子。占常摊的人后面都有一个筐，或者一辆车。我买过几次菜，跑了两三遍，发现价格悬殊不少，比如青椒，南街四块，北街三块。有一个早晨，我去得很早，发现了其中的秘密，有大车的人把货拉来，街上的闲人，往往是一些妇女，便去批发一两筐，再拿去卖，她们的价当然高。所以，我再去买菜时，只往有大车的摊位去，如果能省下一些钱，心里就更愉快一些。

菜市街上市早，罢市快。10点左右，便有商贩撤退，坚持的便是本街的人，和一些从菜园地收获上来的农人。我喜欢后类，他们不是贩子，菜的质量更好，比如萝卜、白菜、茄子，颜色正，只是价格稍贵一些。

去得多了，熟面孔就多。先是学生的家长，后来是毕业的学生，卖干货，卖卤菜，互相点头，客气着叫我拿菜。我也拿，给钱，他们推让着。时间长了，也不推让，拿了，偶尔让五毛钱，感觉很舒服。但是我上街次数少，只有星期天和假日，其余都是妻子上街，她会挑拣着买。我们对比过，她买的菜更新鲜，好看得多。

有两次，我跑到街上，专拣新鲜的买，结果，价太高。妻子笑着说，你没有深入进去，当然买不到好菜。这是真的。大多数时候，我看到菜市街的西面那个卖音像制品的商店，正播放着泗州戏，比二人转要好听些。店门外，有二三十个老年人，蹲着，出神地听，他们身上好像也有我的影子，30年后，我也这样幸福地听着小调。这时，前后都有人催我，快走。我听到了，拎着一篮子菜，穿过拥挤的人流，向学校走去。

幸福的关键词

粮 站

粮站在杨集街的最东头,有非常大的一个院子。

刚到杨集工作时,我去粮站卖粮食,看见两排高大的仓库,连片的水泥地,还有飘着香味的食堂,心生羡慕。于是,我经常去逛,又发现一口小小的池塘,水清而静。在院子的西北角,还有高大的松树、白杨树和几棵叫不出名的杂树,成了一个小小的树林,有些意境。

上了年纪的老人说,粮站的地址曾经是二郎神庙,香火很旺。我再去时,果然找到一些庙的痕迹。西面地势高,是庙基,北面的树林里有散落的砖块,有些年头。开出租车的家振说二郎神庙很有名气,据说徐州都有人来烧香,可惜在"破四旧"时给破坏了。

不过,很少有人想起二郎神庙。粮站曾经很忙,不停地收粮食,水泥地上晒着粮食,仓库里插着长长的透气杆,非常壮观。院子里经常有三轮车、四轮机,还能看到毛驴车、大大小小的蛇皮口袋。关于价格的此起彼伏的争论声,工作人员长长的粮签,在阳光下和谐地交织在一起。我曾经想象过清明上河图的热闹,这里该是小小的一角,忙碌着,真实着。

后来,就安静下来。有时,早晨,会聚集几百个老年人,听一个外地口音的男子宣传某种包治百病的药品。除此之外,就是安静。院子里住家也很少,只有两户人家,两排房子,几只母鸡悠闲地在大院里寻找食物。

今年,院子南面沿街的地方开发成了商品房,东面的场地租给人开了一家面粉厂。机器轰隆,院子里又一次热闹起来。据说,开发商品房时,挖出不少铜钱,清朝康熙年间的,会是善男信女捐献的功德钱吗？

学 校

粮站的对面是学校，中学，院子也很大。

一幢教学楼，三层。一个实验楼，两层。一个办公楼，三层。三排教师宿舍，带着大大小小的厨房。两个大院，分别是男生宿舍和女生宿舍。一个大食堂，里面放着整齐的桌椅，开饭时，500个人同时就餐。还有一个小小的商店，卖些零头碎脑的物品。

我就住在这个院子最北边的一排教师宿舍。从东看到西，一共19家。门前和厨房间有大片空地，都被同事开发了，种上葱、蒜、芫荽，添上绿意。上课在教学楼，十几个老师一个办公室，可以喝茶、改作业，累了，可以在校园里转转。校园很美。

好像换过的几任校长，都很重视校园环境。卫兵式的松柏，依人的垂柳，大大小小的花园有十来个。很多花和树我们都叫不上名字，为此校长专门印了个手册，告诉大家这叫栀子花、榕树，那叫紫荆、银杏。我是记不住的，只知道享受。春天，在草坪上闲坐，看一本诗集，嗅着桃花的香味。夏天，在南墙根的池塘游泳，池塘水很清，没有一点儿污染。秋天，似乎到处都是菊花和芍药，它们竞相绽放。校园的墙壁上有许多画，栩栩如生。所以，街上的男孩结婚，经常请摄影师在校园里拍照。很多孩子伸头看，我并不阻拦。

学校的日程很清晰。早晨5点半起床，6点钟时，老师和学生在操场上跑步，声音很响。上午四节课，下午三节课。下午还有一节活动课，是孩子们快乐的时刻，打篮球、写字、扔沙包。什么都不做也行，在花园里散步、谈心。累了一天，应该放松一会儿。

第一辑

沿着一条路走

幸福的关键词

我比较喜欢上晚自习。学校是寄宿制，学生都住校，在明亮的日光灯下，他们仔细地做作业，有时讨论问题。我会走过去，听着，讲上两句，或者什么也不讲，看着他们认真而激烈地讨论。下课时，手机会响，某一个家长打来，叫孩子接，便会有一个欢天喜地的学生跑出来，幸福地听着。家长也会和我讲上两句，内容似乎从来不变，都是"管得严一点儿，我们在外面打工，就是为了他们"。我答应着，再看那个孩子，他早已走回去努力地看书了。

学校的大门经常关上。有一个看门的女工，来来去去地开门关门。我们不常出去，除了买菜。家长常来，送衣服，送钱，了解情况。他们站在校园里，很拘谨，提着一个包，不愿意走动。下课了，会有认出我的学生大呼小叫，也会有羞涩的孩子跑出来，站在那儿，快乐地和父母说话。

大多是父母外出前才来学校，给孩子一些钱，嘱咐他们好好学习，请老师照顾一些。我们当然答应。习惯了，照顾一群孩子学习、吃饭、睡觉，一点儿也不嫌麻烦。一个学期总能遇到几次，夜里，有学生生病，就带到街西头的卫生院，看着他吊水。我和医生也就熟了，聊着天，不知不觉水就吊完了，我们再深一脚浅一脚地回来。街上，很静，没有什么灯光。

学校里有灯光，教学楼两个拐角，挂着两个小太阳，夜里10点钟开灯，校园里便明亮起来。将学生送回寝室，没有声音。几百个孩子在睡觉，也许做梦，梦见明天，或者一个美好的未来。

锁上寝室大门，有风吹来。我不说话，走回宿舍。长长的一排宿舍，还有两三个房间有灯，他们，在看书。明天，我们又要在这片青春的土壤中撒播一些花粉，不需要理由。风中飘来一些花香和黎明的气息，我知道，面对许多成长的喜悦，我无法拒绝。

今 年

今年，我在老家过年。

村庄很静，没有大功率的音响或者热情的叫卖声，一切都在沉默着。比如树，高高矮矮的，在风中肃立。整齐的四合院，懒洋洋地张开双臂，迎接扑面而来的阳光。还有鸡群，在一只雄俊的公鸡带领下，自由地追逐。一只白色的猫咪，在门旁慵懒地睡着。

我注意到天空，没有白云，只有蓝色。纯净、深远的蓝，让人平静。

我在聊天，在村中最热闹的小卖部前。这里有小学，还有村部，附近还有一个基督教堂。我们是一些闲人，孩子们在屋里看电视，那里有许多色彩缤纷的诱惑，使他们暂时忘记寒假作业和老师的叮咛。女同志们正殷勤地准备菜肴，今天的午饭将是一年中自家人吃得最丰盛的一顿饭，当然得精心。我们没有事，便说话，便吃烟。烟是各种牌子的，两块五的渡江，四块五的一品黄山，10块的红黄山，20块的玉溪，有时还有外烟，一轮一轮地散。没有人客气，在外工作的人都揣几包烟，长辈们也心安理得地深一口浅一口地吐出烟雾。然后我们说话，说谁开了小车回来过年，谁在外买了房子今年不回来。有时，没有人说话，仿佛大家都知道。一个村庄，从东到西，似乎每一家人的档案都清楚，包括亲戚。大家便说新闻，从金融危机到存款，从县上要修的高速公路到村村通水泥路，也不热烈，电视里都有，收音机里也有。两位年长的人已经悄悄睡着了，在温暖的阳光下。

有时会过来一辆摩托车，减速，鸣笛，点头，照例会引起

幸福的关键词

一次小小的议论，比如谁家的孩子，在什么地方做工，今年初几结婚。当然，我们又期待着下一辆摩托车的到来，因为阳光下，我们都在沉默着，等待着，或者向往着。

向往的是鞭炮声。终于，从东北或者西北传来清脆的声音，是鞭炮。很快，此起彼伏，没有停止的迹象。很快，闲人们走散了，拍拍身上的土，跺跺脚，说声吃饭了，向着一个又一个巷口走去。很快，更多的鞭炮声炸响，空气中有淡淡的硝烟味道，热烈而且温暖。受到惊吓的鸡群，四散跑动，拴在柱子上的羊，打着圈跑。一两只勇敢的狗，冲着闪动火光的鞭炮狂吠，一副不肯罢休的样子，然后，迅速跑回去，在斜射的阳光中，等待主人扔过来幸福的骨头。

这一顿饭，有丰盛的菜肴，有大瓶小瓶的饮料，有千里迢迢回家的热切，以及老人的舒心、儿童的开心。乡村旧历年的中午充满着时尚，比如王老吉饮料、长城干红，也洋溢着传统的温情，比如给长辈夹一筷菜，给孩子一瓶酸奶。我起身倒酒时，发现了满桌阳光，不，应该是满地阳光。

下午是热闹的。院子里，一张大大的饭桌，一圈或站或立的看牌人。他们在来一种叫"小率子"的纸牌。有点彩头，一角钱一张。兴奋、失望、大叫，但没有大声叹气。新年，打发一下时光，放松一下心情。孩子们毫无例外，看电视，猜测春晚谁又会出现。我是站在村道边，看着一拨又一拨闲转的人走进某个小院，享受这难得的清闲。我还看到，八十高龄的二祖父，倚在墙边，坐在小板凳上，抽着烟袋，仿佛一年又过去了，随烟而去。我站了很长时间，直到阳光渐渐西去。我看到村道上，没有摩托车或者小轿车。村庄，变得只剩一个个院子，蓄满欢乐。树木和草垛在沉默中微笑。微笑，是今天的颜色，湛蓝而且明朗。

我们开始吃饺子了。鞭炮声是醒目的符号，和炊烟一起，标志着年夜饭的开始。其实与夜无关，我们早早地吃，准备看春晚，准备放烟花。今天晚上将是欢乐的海洋。

我们在海洋中航行。学校里的房子需要看守，于是我们回去。20里路程不长，空中是层层的烟花，千姿百态，像是春天的姹紫嫣红。两旁是不绝于耳的鞭炮声，高高低低，像是交响曲，繁华热烈。

我知道，所有的人都在院子外，看着夜空，仿佛看到了春天，美丽而且充满希望。

泗县走廊

瑞麟庵

一个大雾弥漫的早晨，我们来到骆庙村，摸索了很久才找到瑞麟庵。

被雾打湿的树叶，突兀高起的房屋，散落在地上的石雕，一块石碑，还有开动时吱哑作响的大门，让人想起某个湿漉漉的朝代。也许是同样一个有雾的早晨，一个平凡的女子，在一个平凡的村庄，编织一段尘缘。

屋里当然是空荡荡的，好像历史总会带走许多物件，坚固或者软弱，豪华抑或简单，精致也许粗劣，然后将一些幸存物不经意间放进了文字。比如这块石碑——刻在东墙上的石碑，记载着道光年间骆氏族人的一段修复庵居的过程。屋后的台阶上，又是一块石碑，热心的庄邻指点着——咸丰年间。很多人读了碑文，用手机拍下来，准备放到网上去。可是，历史能放到网上去吗？高速的信息化会不会淹没这一段清冷的岁月？

年长的乡邻讲述着最后一个尼姑的生活：打水，吃饭，自己种小菜，自己念经文，还有93年波澜不惊的日子。有过低头沉默，任一些粗鲁的孩子扬起无知的锄头，神像粉碎；有过机器轰鸣，庄邻忙忙碌碌，不再热衷到庵里平静一下心情；一直有着寂寞孤冷、清凉，宛若静练的小河。仿佛凝止的岁月，将一个女子的天地锁定，局促、缩小、聚集在这幢简简单单的房屋内，院子中。可是，没有眼泪。佛说，泪因劫生，因劫灭。青菜上的纤尘是生命，萌芽、生长、成熟，终成脉络。桶中清水是一方世界，平静、波动、深盈、浅达，一样不缺，放下去，是朴素，提起来倾泻而下，是满眼说不出的繁华。它们，是身外物，却也是心之物。飞鸟、流萤，让岁月绵长、韵动，无关院子大小，聆听心之所向。庵常在，青灯常明，黄卷在手。人，读懂了世间最厚的一本书，泪水，便只是水，清亮而且晶莹。我呆呆地站着，没有注意雾悄悄隐去，和庵后出现的蜿蜒的河。走下高台，将秋水望穿，安静、平静、恬静，静若这里的一砖、一瓦、一叶、一石板。

我们是踩着石板走的。曾经翻开一块，用清水冲洗，又是一块碑。于是，不再翻，怕惊动了历史和文字。一切都是平静的，跟我们来时不一样。每一个人都是悄悄前行，仿佛一下就收获了许多沧桑。

瑞麟庵，在阳光下，微笑着，注视着我们。没有尼姑稽首，或敲响木鱼。

赤 山

赤山不高，像一阵悠闲的波浪，缓缓升起。对，是升起，我们仿佛在波浪中舒展着自己的双臂，不紧，也不慢。

两旁是小麦，绿油油的，怯怯的，在这个初冬的上午缓慢生长。没有拔节的声音，或者奋发的姿态。它们，是这个山坡的一件外衣，一件随风舞动、飞扬的外衣。没有人家、炊烟或者草垛、缩着翅膀的母鸡。同行的当地人说，山上不住人，连地也是近两年才种的。我们便下车，看这山上的麦苗。它们安静地舞蹈，美丽而且让人平静。但我还是发现了端倪：隐隐约约又挥之不去的疑虑，是石头，她们密密麻麻地散在土里，仿佛土是她们的背景——浓厚而沉重的写意背景，她们才是主人，骄傲而且无处不在的主人。所有的人都发现了这个"秘密"，在田野里挑拣着自己中意的石头。满眼都是鹅卵石，它们的样子却各不相同：有着不一样的颜色，青的逼人，红的像血，白的似玉，紫色沉静，花白条纹的夺人目光；有着不一样的形状，大者如房，安然卧在那里，小者似黄豆，隐匿于泥土，恍然化作一瓣土壤。更多的石头宛若土豆，圆溜溜的，笑眯眯的，伸张着眉眼。有人惊诧，惊诧于石头的多，满目，满野，深挖下去，何止满镐，而且都是鹅卵石——最适合处世哲学的一种石头。想到这儿，我笑了。鹅卵石简直就是许多人许多年来的写照：圆滑，不露声色，隐忍，默于一隅，消殒着时光。

我们继续向上走。沿着明代大学士宋濂的足迹，把味着他的诗——游赤山：云山隐隐草菲菲，也学高人去采薇。行到桃源流水处，杖头挑得明月归。同样是这山头，我却看到两只野鸡立在坟头，菲草之中，雄视远方。两三个骑着摩托车的男子，

第一辑　沿着一条路走

幸福的关键词

正在将两只野兔装入车后的筐内，他们迅速地离开了，带着已经没有体温和微笑的精灵远去。山顶一片安静，包括从明朝一路疾驰而来的我的思绪。都已经远去了，宋濂和我，我们都只是过客，那些跳动的生灵、沉默的石头才是山的主人，才能悄悄地安静着，任清风浸润，明月朗照，流水渐去。

我们也在渐行，像猴子掰玉米，不断发现新的石头，又不断丢下手中刚刚捡起的石头。人，是欢乐的，不因为山无树无峰无峦无嶂无岭。因为小小的石头，在土里生长，圆润，浸淫，终成风骨。我们知道，每一块石头，都是自然的作品；每一个石头，都是土壤的孩子。

我们也是。下山时，没有人说话，生怕惊动了脚下的土地、山脉。她们，是永恒的母亲，沉静，博大，宽容，还有慈爱。

于是，我放下了石头，悄悄地，放进赤山的红色土地里。

马场古槐

不费任何周折，我们就找到了马场古槐所在的地方，马场街的最北头。

树逼仄在一户人家的屋后，一堆废墟的前面。东面是一方浅浅的池塘，仿佛为了槐树，一切才如此拥挤和亲切。拥挤的是空间，从地面到房屋，视线内一片繁杂。亲切的是面对一棵树，我们获得了久违的宁静。

宁静是一段历史，触手可及的历史。专家对着摄像头正说着，这是唐槐。那么历史就从唐朝开始，我正站在唐朝的土地上，一个叫黑风口的地方。两边山林茂密，也许有战马嘶鸣，也许商贾经过，或者一个书生，背着小小的包裹手拿一柄雨伞匆匆而来。没有人注意一株树苗，弱小的干，怯怯的叶，在风中、在雨中注视着刀光剑影——也许还有轻袖飞裙。偶然、幸运、侥幸甚至忽略、漠视都有可能,在一切的可能中,她意外地生长、茁壮,成为一道风景。

其实,她只是一株树,普通的一株。茂密的森林没有了,曾经的伙伴消隐了,新的同伴出现又远去。只有她,依然,安然,淡然,悠然地立在这儿,与脚下的大地对视,微笑。然后,刻下一身沧桑。

沧桑是真实的。只剩下外皮的干,空心的躯,支撑着碧绿的叶、绿意盎然的天。不忍触摸的伤痕,无法言说的疮痛,与难以想象的一片格外耀眼的碧绿,彼此真实而和谐地融在一起,让人悄悄释怀,放下一些东西,比如钞票、车子、位子,或者镜头、流行。

我也是,沉默了很长时间,尽管身边声音仍在传递着热闹,尽管一位老妇人适时地将盛香的纸盒端出来。我看到了香烟袅袅。这里没有庙,只有一株树,一株挂满了善男信女们绸缎被面的树。她,被膜拜,被敬礼,收下许多企盼、祝福,装好沉甸甸的心声,让许多人满怀希望而去,让许多人满怀希冀而来。但是,失望还有,悲伤也在,喜庆经常,否极泰来,冬去春到。变化中,她还在,默默无闻,淡定,闲看日出日落,鸡鸣鸟栖。

因为,这只是一株树,与神灵无关,与时间休戚。

我轻轻地走了。也许,每个人都是一棵树,在母亲的信仰里,四季常青。

枯河头

其实我们看不到标志,比如在"霸王哭虞姬处",再加上一块石碑,镌刻一段动人的传说,或者两三条宣传旅游文化的标语。没有，普普通通的小街，刚刚流行起来的装潢店牌添上一些时代气息，一切并无新意或是与历史有关。枯河头，是沉默的。

但我还是站到了这片土地上，因为一段久远的传说。

传说是有些风月的。一个力拔山河的勇士，一个缠绵悱恻的美女，他们之间注定是要发生一些故事的。勇士横马立剑，放眼的是江山社稷，偏偏放不下一腔似水柔情。虞姬柔生百媚，本也和烟海中诸多美女嫔妃一样，载歌载舞，博得大王片刻欢愉。如此，选江山，不会择美人，有霸王，却不会有虞姬活跃在舞台、小说、电影里。也许，我们只能在发黄的历史文字中寻句点词，触摸到只言片语的温情岁月。也许，根本就没有纸质的痕迹，传说毕竟只是传说。然而，一场惊心动魄的垓下之战，不仅改变了历史，也改变了虞姬的地位。不论她何方人氏，不去探究从何而来，一个甘愿香消玉殒的虞姬定格在了口口相传的历史上。她愁肠寸断，青丝幽怨，放不下一个女人的满腔热烈、热情、热爱，还有叹息。她选择了硝烟弥漫的战场，将最后一刻生的希望留给霸王。也许，她心目中，霸王永远是高大的，重瞳里是无限美好的河山。也许，她眷恋着，会有一日，江东子弟多才俊，霸王重来，收拾旧山河。

霸王也站在了历史中。不仅仅因为他少有的大志、勇盖天下、攻城略地、所向披靡，还有这段传说中的侠胆义肝、柔情若羽，如他名字中的"羽"一样。他选择了虞姬，如同江山一样重，选择了携虞姬头颅到我现在脚下的枯河头痛哭一场，竟然能使虞姬开口说话。情深至此，谁还指责项羽是一介武夫呢？满脸英雄泪，化作千年枯河水，一路低歌浅语，怅息，慨叹。

我没有搜索，没有企图在地上找到一块秦砖、汉瓦。大地是沉默的，如同很多沉默的历史。我相信关于项羽的文字简洁却真实，但我更愿意看到戏剧中的恨别虞姬的霸王，抱着虞姬头颅痛哭的项羽。马鸣斯杀的战争之外，此时，他是丰满的，真实的,与鲜血无关,与一段柔情相连。

毕竟,红尘男女,愿意在一段情缘、哪怕只是传说中,找回一些安慰,或者化作相思泪。

朱 山

朱山没有树。

一棵也没有。我从西北角登山,只看到草。希望有一株松树,或者山枣,哪怕高大的灌木丛也行。没有,只有枯草一团一团的,在风中沙沙作响。随着脚步,我慢行到山顶,这里仍然没有树,倒是几朵不知名的野花,在风中微笑。于是,我也对着花微笑,微笑的背景是湛蓝的天空,两三片白云,轻轻地飘过。

寻树不得,我把希望寄托在泉上。泉是山的诗句,晶莹而飞翔。幸运的是有水——两个小小的池子,随着地势凹陷而就的天然池。当地的老人说是"罗成饮马池",也许是"秦琼饮马池"。我听着,有一丝莫名的感动。也许正因为传说中的名人光顾,这两池水才保留下来,受人尊敬。水是清的,竟然还有水草,几条小小的鱼儿快速地游来游去。站在池边,能感到南山的风强劲而有力,吹走想象的点点滴滴,只有一池秋水,让人望眼欲穿。但我知道,这不是泉,无源,无流,无踪,也无迹。难道朱山也无泉?有人引我到山的东麓,说有一泉眼,常年不干。果然,有一石向东而立,下有一洞,泉水清澈。我左右搜寻过去,并没有发现溪水或瀑布,伸手进去,尚有一段距离。是泉吧?有人询问着,希冀肯定。我没有点头或者摇头,因为我不是专家。我也希望有一眼清泉,滋润着朱山的土,清洗着石,浇灌着草,还有明天的树。

朱山是沉默的,在阳光下静立着。许多石头同样静立着,

一言不发。山坡，山顶，山脚，每一处，每一寸，都有数不清的石头静默着。《泗县志》说，朱山产玉。的确，我看到了丝丝缕缕的银光闪烁着、跳动着。拾起一块看去，汉白玉的颜色，夹杂着亮黄、浅灰，一层一层分明地排列着。我看了一会儿又放下，石头太多了，每一块都仿佛是与玉有关的物品。再拿起一看，又丰富得多，不像电视里特写的亮、滑、洁、光。其实，石头就是石头，是坚硬的土壤，是沉默的自然。我坐在一块威严耸立着的巨石上，看那满山的石头舒展着，波澜不惊的样子。

不仅仅是石头，石头掩映下的墓也是沉默的。《泗虹合志》说是梁朝时虹县县令朱卖臣，为治水患，积劳成疾，死后葬于此。我有些惊诧了，没有青松环绕，没有高大的墓碑，1000多年的风雨，朝代更替，一个小小的县令墓地能够保存完好，应该归功于百姓对一位官吏的一种怀念，一种寄托吧。

我拈了两朵野花，放在墓前。我仿佛看到了一片森林，郁郁葱葱。

杨家台

杨家台上只有一棵树，努力地向东伸展着。

杨家台原先是有很多树的，"郁郁葱葱"，"苍劲有力"，这一类形容词都贴切。很多上了年纪的老人睁大眼睛描述那些树的茂盛和高大。

我当然相信，一些依然深深浅浅的根须便是明证。他们说还有庙，曾经做过学校，我也信。七零八落的东厢房还在阳光下微闭着眼睛，一块门板歪歪地立在墙上，无精打采。

但是，现在，什么都没有了。只有传说，一层一层包上恐惧、敬仰甚至揣度、想象的传说，比如杨令业在此点过将，佘太君在此练过兵，朱元璋驻扎过。精彩的还有不老泉，蟒蛇，永远高于水位的高台，以及据说可以置人于死地的神力。

于是，我就寻找，寻找不老泉，寻找蟒蛇，寻找一切感兴趣的东西。

只有麦苗，弱小但坚强的麦苗。麦地里有许多杂杂碎碎的东西。白的是瓷片，清清白白的白，半掩在泥土中折射一些阳光，很显眼。捡起来擦拭一下，细腻、光滑。几乎没有大块，都是一小片一小片的，甚至带着花纹，在土壤里美丽着。这是碗，先人们吃饭用的碗，专家说是宋窑炼制的，很常见。青的是坛子的残片，不粗俗，流畅的线条、发亮的光色、巴掌大的面积，和谐地融在一起。我捡了一块，弹了一下，有清脆的响声，传开去，很快消散了。我不断地捡着，捡起很多兴奋，比如汉瓦、唐代的瓦罐。我还捡到一小截生了锈的铁，能敲出非常清脆的声音，让人怀疑是远古时的铁器。

专家笑了，然后我也笑了。那是一段骨头，货真价实的骨头。

很快，我停止了笑。我发现每一寸土地上都有无数的碎片，大的，小的，方的，圆的，不规则的，青的，花的，极不和谐地埋在土壤里。是战争，让平静毁于一旦？是一次意外的抢劫，让庙宇粉碎？也许，什么都没有发生，杨家台，只是杨家台，附会的名字，实际的一片土地，曾经有人居住的土地而已。

我想起来时看的资料：杨家台，新石器时代晚期文化遗址，属龙山文化。我停止了功利性的捡寻，产生一种莫名其妙的空灵之感，有一场对话，不可避免：

你来到了我的土地上。
是，可我也站在自己的土地上。
你惊醒了我们的睡眠。
是，可你们一直不曾进入梦乡。

幸福的关键词

沉默，对视中的沉默，还有沉默中的对视。

我们曾经很快乐，快乐埋在土壤里就会发芽。

是的，我看到了快乐的颜色和舞蹈，比如麦苗，和唯一的一棵树。

那棵树，不快乐吧？

同样快乐，她是我们之间的血管，和桥梁。

沉默，阳光下的沉默，在阳光里悄然绽放。

我放下了所有的碎片。我舒展着我的胳膊和腰脚。我看着周围的村庄和河流，有着异样的亲切，和熟悉。

我绕过摄像镜头，走了。这儿不需要记录，真实，一起延续。

走下杨家台时，我被什么绊了一下。又是半块砖，努力地从土里钻出来。我知道，它也是历史，我也是，包括昨天、今天和明天。

沿着一条路走

从凡集走出时，已经是中午12点，正是午饭的时间。我提着两个包，一个包里是一团衣服，一个包里是作业本和背馒头的布袋子。

凡集的车站已经像往常一样空荡荡的。我照例抱着希望问一个抽着烟袋的老大爷，还有没有车。他翻了翻眼皮说："早都走过了。"然后有力地吐出一阵烟雾。凡集的公路上有不少土，还有些坑坑洼洼。但是在晴天，客车依然凶猛地移动着，所以我希望远方会跑来凶猛的客车，将我带回县城。

但我知道希望不会实现。我是凡集的熟客，一年的时间让我掌握了规律，12点以后再也碰不到去县城的客车了。我只好向前走。前面是凡集中学，远远地横在田野里。前面还有一个小小的集市，叫新凡集。这些都带给我美好的希冀，比如赶集的货车、三轮车。我会客气着问人家回不回去，什么时候？那个大胡子的老板不再像一开始时那样冷漠，他扔过来一根黄瓜，叫我等。我当然等，等他们赶罢集，愉快地在腰前面的包里清点着收入，然后带上我向前面出发。有时老板不高兴，或者遇到一张假钞，就说："不走了，喝酒。"我无法奉陪，去找另外一家卖鱼的老板。老板说："三块钱。"我明白，得给车票钱，才能坐上充满水气和鱼腥的三轮车，一般都预备好三个硬币。如果给五元的纸币，他会讪笑着说："你们老师有钱，就不找了。"我就大大方方地笑笑，不作声。

　　逢集的日子有限。大部分的时辰我都在步行，步行时希望看到一个行人或者一只野兔，他们会给我带来一丝惊喜，一丝生机，和生命的驿动。有时看到一只野鸡飞过，剩下的还是午后的平静，平静得总让我感觉是一个人在异乡的土地上流浪。这时我会蹲下，看沟边的花花草草，看路边的麦苗青青，获得生命的信息，真实而贴切。另外一个选择是倒行，希冀来时的方向出现一辆车，公家的、私人的都行，三轮车、摩托车都可以，自行车也不错。我会理所当然地伸手，因为我的时间很紧，得赶到镇上坐车到县城，从县城坐车到杨集，辗转耗费时间，让我更加焦急、担心，担心晚上能不能到家。而喜出望外往往也就发生了——一辆摩托车，停下来，看看我黑黑的脸、壮壮的个子，又飞一般地驶出去了；一辆自行车骑过来，车上是一个中年妇女，而我没有理由拦人家的车，我会考虑男女有别，共骑一车会有许多麻烦。我最希望的是三轮车、四轮机，我站在上面，一颠一颠地前进，不快也不慢，但很少。乡村太安静，能走的年轻人都出去打工了，剩下的是闲适和宁静。

　　不过，走的日子多了，还是有一些运气的。一辆拉货的厢

第一辑　沿着一条路走

幸福的关键词

柜车愿意拉我。已经在泥泞中挣扎半个小时的我掏出五元钱，他们接了，让我坐在后面的车厢里。车厢是封闭的，我坐在色拉油上，过了一会儿坐在饼干上，任由车缓慢地前进。厢内的光线不好，但味道很浓，一些散乱的饼干的气息诱惑着我，几度伸手拿起，又放下，我想他们也许会检查，会数数。我就睡觉，睡在一大堆箱子上，一荡一荡地，既不舒服也不难过。

其实也就20里路，等着，盼着，看着，就走到了头。到头就是丁湖，丁湖有往县城的班车，我就在班车上等。这时我的心里会踏实，因为县城往杨集的客车天黑以前都有，我就会忘记了刚才的劳累，有时还会想起路上的一些感悟，记在本子上，看着，很亲切。

从凡集到杨集的路很长，路上有庄稼，有城市，有河流。2001年到2003年，我走了两年。我步行，也坐客车，坐人力三轮。但是我只记住从凡集到丁湖的一小段，只记住一小段中等车搭车的时候。这时我会发现，两年的路，走着，等着，就过来了。仿佛一步就到家了，轻轻地，就将所有的劳累、焦急、盼望跨过去了，不留一丝痕迹。

院　门

院门朝哪个方向不重要，东西南北都可以。可是大韩庄的人都把院门朝南开，便没有人再朝北开。好像有一家人，院门往东开了一段时间，后来还是往南。门"吱"的一声，太阳就进来了，多好。

从哪个角度看到院门很重要。我站在东面200米时，可以看见老家那扇宽大的院门，在南面200米时，可以看见那扇涂上漆的木门，在西面200米时，还能看见。我习惯了在那浅浅的田间小道，在那个小而短的沟渠旁，一抬眼，就看见我家的院门，没有任何阻挡，没有一点儿缓冲，目光一跳，便跳到了那扇门，看到了母亲，还有三只羊，在门前静默着。

不是谁家的院子都可以有这么好的视角。我家的院子在村外，背后是村庄。村庄里的院子只有一个视角，是前方，一口池塘，一片树林，一个草垛，甚至是前一排人家的茅房。打开门，看见一片菜地，或者一条道路，和别人打招呼、聊家常，听别人说话也行。这就是村子，把门打开，谁是谁的表叔二大爷三姨妈，亲戚和朋情都是公开的秘密，一目了然。站在院子外，看别人的炊烟笔直而轻盈，看别人的小车从城市里开回又鸣的一声开走，便觉着，村庄，还是村庄。

也可以不盖院子，不留院门。当初都是这样的，很多老人都喜欢当初，说三间房里有人有猪还有鸡鸭鸣鹅，一家人睡在一张床上。他们的嘴吧唧吧唧的，院子便荡然无存了。可是，院子都有了，先是多了一间灶房，小小的，没有门，有一个矮矮的灶台，又多了一个棚子，拴牛拴羊，还有两个鸡笼子。终于，当一切都丰富而充实时，大韩庄的人不约而同垒起了院墙，留下一道门，加上一把锁，咔嚓一声，清脆而生动，院子里的东西便安全了，便隐秘了，便感觉属于自己。可以喝上一小杯酒，腌上一盘辣椒、黄瓜，慢慢地品，不用担心东边的老二说些闲言碎语。可以吵架，使劲地掀个天翻地覆、雷鸣电闪，然后睡上一觉，扛起锄头，打开院门，走出院子，接着下田干活。

有了院子，踏实。关上院门，安静。打开院门，活着豁亮。

大韩庄的人喜欢院子，把堂屋、偏屋、前屋安排得满满的。把一个人的日子都放在了那扇门后，仿佛关上的不是十几平方，而是一个喜悦的、甜甜的、五彩缤纷又让人慢慢思考的小天地。喇叭是要在院外响起的，养了20年的女孩子要出嫁，在大韩庄

幸福的关键词

叫"出门"——走出那扇吱吱作响的门，便是别家的人，哥哥抱着妹妹，一脚跨出去，说"好好过日子"，女孩便哭了，鞭炮便响了。院外，欢天喜地。院内，父亲和母亲，悄悄抹了一行眼泪。喇叭吹响的还有离别，村子里每一年都有一些老人无声无息地走了，一个人沉默了一辈子，在土地劳作了一辈子，走时不会没有声音。当厚厚的棺材移出大门时，哭声肆无忌惮地膨胀。女人们留了下来，进了院子，去扫除一个人的痕迹。男人们朝田野走去，把那个慈眉善目的老人还给土地。

这时，院门是敞开着的，不曾阻拦。

院门是木头的，结结实实的木板，中间有几年换成铁门，不少人又换了回来。铁门冰冷，声音太响，木门轻轻地开，轻轻地关，有些悠长。

我家也是。推开厚实的木门，看见一只小猪，三只羊，两只肥胖的母鸡，只是没有人。母亲在门口坐着，父亲在工地上做小工，我们不在家。

村庄这样安静了很长时间。很多男人兴奋地走了，到一个个不知名的城市挥汗如雨，很多女人跟着男人，在一个小小的出租屋里摆弄油盐酱醋，很多孩子背起书包住进了街上学校的宿舍楼，留下很多老人家长里短，东边葫芦西边瓢，或者聚精会神地研究天气预报，盯住某一个城市的名字，关心风关心雨关心太阳和云彩。

没有人关心院门。它是安静的，有时沉默。

母亲说门眼窝磨烂了，再找一块石头吧。石头很好找，请人凿了眼，使劲把门往上一顶，就安上了。母亲转了转门，很轻快。人家都换了，母亲说。

父亲继续小心打磨着门眼窝，然后说，门还是要开的，你们总要回来。

是的，星期天，麦子黄了，玉米棒满了，年关近了，出去的人还是忍不住要回来。

于是有一天，推开院门，看见一些花开在高高的树上，一些果结在深深的地下，能看见一个太阳或者月亮，挂在蓝蓝的天上，有一个人，站在清清的早晨，他回家了。

从杨集到大韩

从杨集到大韩，18里路。

杨集是我工作的地方。一般是星期天，我骑上自行车，顺着学校门前的街道出发。杨集很小，一南一北两条街，有三三两两的单位和挂着超市牌子的商店。我常买些肉食，比如猪肉，那是老年人喜欢吃的食品，偶尔买些豆饼、豆芽，中午吃饭时需要一些喝酒菜。

前半截路不错，是县道，原先是石子路，后来是柏油路。路两旁是浅浅的沟，沟外沿是无边的庄稼，有高大的玉米，也有矮小的黄豆，行走在路上，有时感觉像是在水上划着一只小船，悠闲而寂静。但寂静的时候不多，鸣着笛的客车、呼啸而过的摩托、轰轰作响的四轮机将道路渲染得热热闹闹。他们有许多人会和我打招呼，客车司机会响亮地按笛，加上微笑，因为我经常坐他们的车到县城，算是老主顾。摩托车会拉着尖利的笛声快速驶过，多半是我教过的学生，有的会停下来和我客气一会儿。当然也有正在教的学生，他们很害羞，骑着自行车溜过去了。他们的父母很客气，会聊上很长时间，关心孩子和成绩，还有许多的细节。所以，我的行走总是不连贯，缓慢得像屋檐下的水，滴滴答答。

幸福的关键词

路两边还有亲戚。我的妹妹出嫁在离杨集最近的村庄，在路上可以看到她的前门是开着还是关着。大多数的时候，她在门前洗衣服，守着一个大盆，轻松地搓来搓去。我不下来，扬手示意，她就知道我回老家。她摆摆手，我就过去了。我们没有过多的客套，我看她还像小时候一样，笑笑的，只是身边多了两个高高矮矮的孩子，扯着她，转来转去。也有时候在路边，她正和邻居们闲聊，见我下来，问一下老家的情况。有时是我问她，因为她也经常回家。这样，老家就离我很近了。

县道的尽头是一个小小的集市。我选择买一些新鲜的食品——父母舍不得买的食品。还买过草纸，那是清明或是冬至，给逝去的祖父母送去一些想念。我很喜欢这个小小的集市，它是一个驿站。我休息一会儿，看着孩子吃着麻辣串蹿来蹿去，看着父母一般的农民挟着口袋蹲在摊前起劲地讨价还价。我就想起了我小时候跟着父亲在街上的情形。于是，我走得又慢了些，仿佛被扯着拽着，回到了一些无关风月的年代。行走就变成了一种回忆，在回忆中，我向大韩靠拢。

后半截是土路，与城市无关。我会骑得很快，在没有村庄没有烟囱的田野中放纵心情是一件很快乐的事。安静是这条路的标牌，树上、地上、桥上都很静，就连一只黄鼠狼、一只野兔穿过路面都是悄悄地。我不去惊动它们，它们也是这里的主人。我也是，我在这里出生，在这里生长，学会割草、打棉杈、打棉药、割麦子。走在这里，我也是安安静静的，我像一只田鼠一样，都在家乡的土地上沉睡，欢乐，嬉戏，打闹。我们同样是土地的一个细节，容易被忽略但绝对真实的细节。于是，细节在安静中逐渐扩大，前面的庄稼也重叠成儿时的线条。我又一次无法放快速度，只好下来，推着自行车，或者干脆停下来，坐在沟边，想起原来在这割过草，吃过中学食堂师傅做好的饭菜，摘过陌生地里的野瓜。当然我就想起一起割草的玩伴，他们也都离开了这个村庄,在遥远的城市里挥汗如雨。有时,会有一些孩子吹着口哨,吸着冰棒匆匆而过。我看着他们,根据模样判断他们是谁家的孩子,十有八九不会错。他们很惊奇,问:"你是谁?"我笑笑,看到他们,就像看到了他们父母的童年,而我是童年的经历者,虔诚的见证者。

田野里总有三三两两的人在忙着,他们是我的长辈,或是晚辈。一个村庄里衍生出许多枝条,我是其中的一根小小的须枝。他们亲切地问杨集的庄稼,学校的孩子,有时递过一支烟。我就被包围了,被烟、被庄稼、被满脸胡子满身泥土的庄邻包围。我走不动,被什么密密麻麻地绊住了。绊住了,可我并不想努力地挣脱。一抬头,就看见了父亲和母亲,在大韩的路边向我微笑着,像是小时候等我上学回来,不急不躁地拍拍我身上的泥土,接下书包。

我就吃饭了,在前屋,在斜射进来的阳光中,在温暖的风中,慢慢地吃,慢慢地聊一些学校与乡村的话题。时间就停止了,没有先兆,定格在童年,也没有理由。

第一辑 沿着一条路走

第 二 辑 **每一片叶都会跳舞**

幸福的关键词

父亲帮我看房子

早晨,我到了房子里,开始收拾垃圾。"你去上班吧,我来收拾。"父亲慌忙说。

我便去上班。临出门时,父亲又说,下班了,别回来,直接坐车回家吧。

照例,我下班要坐车回到40里外的杨集去,那是我的家,这里只是新房子。可是,今天回不去,下雨了。

见到我,父亲有些诧异,忙说自己吃过了,还可以去买。我说菜呢,又吃咸菜?他笑笑说,咸菜好吃。突然,他想起了什么,掀开电饭锅的盖子,说,看,煮好的米粥,你也吃咸菜吧。

父亲用水冲了筷子,拿过来馒头,递过来咸菜,还有椒酱。我说,你再吃点儿。他摇摇头,吃饱了。父亲站在一旁,看着我吃。

我要刷碗,父亲不让。父亲说,我来吧,我在部队就专门刷碗。我笑了。父亲在部队做过一年的炊事兵,专门做饭,刷碗自然也是专业。父亲叫我出去,说碍事,转不开身。的确,面积太小,不到10平方米的储藏室,放了一张床,一张桌子,我站在里面,影响他干活。

父亲很快干完了活。我们去散步,到小区外面的马路上,看马路对面的学校。父亲说变化大多了,比你上学时。这是我上高中时的学校,那时父母经常来,带些衣服,送几罐咸菜,还有鸡蛋。鸡蛋用开水冲沸直接喝下去,据说可以增加营养。父亲不记得了,他说变化大了,忘记了,当年你租的房子都找不着了。

幸好有路灯,我们慢走回去。父亲忙着烧水,洗脚。我去找洗脚盆,父亲从过道里拿过来,倒水,试温度,再添水。竟没有我的活做,只让我洗脚。我说,你先洗。他不容置辩,你

先洗，马上凉了。我习惯了听从，忘记了自己已经长大，忘记了这是在我家。我默默地洗脚。

终于，我倒了一次洗脚水，远远地泼去，仿佛一片光阴，再也收不回来。终于，我铺了床，让父亲先睡。

父亲说睡在外面，起来方便。我就睡在里面，从小喜欢靠着墙，有安全感。睡不着，太早。父亲说，你还看书吗？注意眼睛。

我没有看书，和父亲说话。好像没有什么话，我就说城里的事，和小街上比较，没有什么子丑寅卯。父亲就说家里的近况，都是我知道的，比如弟弟买了房子，母亲的血压一直降不下去，妹妹的地摊生意还不错。然后是我不知道的，比如他们准备在门前种上棉花，给我们打几床被套。父亲说，丝绵被太薄，不暖和。还有工地上的活太出力，有些吃不消，准备过年不干了，在家养羊。父亲自言自语的，那些字儿，就在屋里打转圈，像香烟，一缕一缕的，慢悠悠地吸进去。

好像我又说了，说母亲的病得动手术了，手术费我们兄弟俩出。父亲很高兴，那就年底做。然后我们讨论在县城做还是在小镇上做。父亲说在镇子上便宜，我说县城安全，似乎没有结果。父亲催我睡，你明天还要上班。

我睡了，又醒来，才发现灯没关，看到父亲侧着身子，弓着腰，睡到了床边。还有被，轻轻地搭了一个拐角，留下一大片空地。似乎并不高大，他蜷缩着，向外，向外，留出一片天空。我默坐着。这是我记忆以来第一次和父亲同睡，我长大了，他年老了。

第二天是星期五，父亲要回去。走时，他从内衣口袋里掏出一叠钱，1000块钱，说是树被风刮倒了，卖了钱。你置新房子，家里实在高兴，只是实在拿不出钱来。

父亲说话时，有些惭愧。想起昨天晚上，他弓着身子，生怕多占去我一点点地方。我突然感觉温暖，在父亲的目光中，我还是一个小小的孩子，曾经在他怀里，在他肩上，在他自行车上呼吸、快乐、成长、喜悦。我突然快乐起来，感到父亲还是我的依靠，在这床上，在老家，在我的身后，注视、关怀、祝福、期待。

我接下了钱，没有推辞。父亲很高兴，提着蛇皮口袋，走了。

 父亲，在门外

在我第一次参加高考时，父亲从乡下赶来，说不住校，我们到外面住旅馆。

旅馆干净、僻静，有风扇，有电视。父亲要我睡，说，我会喊你。他坐了一会儿，又起身出去。"那你呢？"我问。他笑了，说："我到战友家去，好几年不见了。"

第二天早晨五点多我就醒了，心里有些紧张，推门出去转转，发现父亲已经在走廊里了。"睡的怎么样？"父亲笑着问我，又说："我在那边一觉睡到现在，怕你醒，就过来了。"

每天早晨，每天中午，父亲都准时来喊我。高考结束了，我收拾东西回家。旅馆的老板娘说，你父亲真有意思，给过了钱不进屋睡，天天晚上在走廊里转，差点被人当成小偷。

我怔住了。原来父亲根本没上战友家去，他就在门外，守候着，呵护着，小心翼翼地看守着已经18岁的儿子。

分数下来了，令人意想不到地失望。第一次沉重的打击使我无法承受，在野外徘徊了半天，直到天黑才摸进家门。父亲坐在灯下，还有母亲和一桌子饭菜。"赶快吃饭，饿坏了吧？"母亲笑着给我盛饭。我冲进房门，没有说话。真的，少年初识愁滋味，思绪像野草，纷杂而疯长。我一直在胡思乱想，不知

什么时候睡着了。

　　醒来又想了很长时间,当然都是毫无结果。这时,饥饿战胜了面子,我拉开房门。父亲憨憨地笑着,说:"起来了,赶快吃饭,你妈都热了三回了。"妈盛饭,让我洗脸,她说:"吃吧,吃吧,傻孩子,你爷站了一宿,怕你想不开。"

　　我看到了一地的烟头,那些手指上的光亮跳跃在黑暗中,一定不曾中断。不语的父亲和焦急的母亲在夜色中,又是怎样打发时光?

　　我决定复读。

　　第二年高考,我不让父亲去。父亲说那好,你安心考就行了。我心情坦然地走进考场,我相信,在田野里的父亲一定会将希望埋在土里,贮藏,发酵。结束的那天下午,阳光灿烂,我随着人流涌到了大门口。铁门外,同样是涌动的人群,那是家长们在招手,在微笑。我随意地看着天空,想到父亲在家里,在锄地,在打药。我突然特别地想念父亲,真的,特别想念,想告诉他,我已经结束了考试,我已经学会了坦然面对。突然,有人大声喊我的名字。我循声望去。在大门外,在涌动的人潮中,父亲抓住门条,挤得很高,向我招手,笑着,幸福地招手。后面的人不断向前挤,他还向上爬着,招着手,笑着。笑容在阳光下很真实,真实得像他的犁尖划过大地的土浪。

　　我能做的就是挥手,不断地挥手,踮起脚,对着拽住大门的父亲,对着刚刚放下锄头卸下药筒的父亲使劲地笑。

　　这种微笑一直保存到现在,十几年过去了,升学,求职,工作调动,转正,我经历了很多坎坷,父亲已经帮不上忙,我却稳稳走了过来。我始终相信,在每一个困难的环境里,父亲就在门外,走来走去,为我驱走喧嚣。即使是黑夜,他也会用香烟点亮希望。

　　"世界是用无数个城堡组成的",我幸运地推开了一扇扇门,

幸福的关键词

我相信，父亲，就在门外。他是一个世界，他在微笑，世界也就对我充满微笑。

南瓜饼

进入7月，雨水多了，农活少了，累了一个麦季的母亲恰好有时间摆弄饭菜，做一些稀罕而又可口的食物。

我们跟着母亲走进菜园。她的目光掠过绿的黄瓜，红的番茄，还有密密麻麻的四季豆，最后定格那一片南瓜秧上。在我们的欢呼声中，母亲笑着捋了捋头发——年年不忘旺瓜饼。

旺瓜就是南瓜。母亲挑了一个嫩旺瓜，我抱着，弟弟压水，妹妹冲洗。然后削成薄薄的片，切成细细的丝，和上面。这些技术活母亲不让我们干，我们能做的是抱柴草，打水，准备烧锅。她坐在桌前，耐心地加水，搅拌，偶尔又加点面，当她满意地停下筷子时，往往要问一句，想不想吃鸡蛋？照例是肯定的回答，接着就有人冲过去拾起才落窝的鸡蛋。轻轻一磕，清清的黄，纯纯的白，渗入稠稠的面糊中。母亲吆喝着放盐，倒香油，还有味精，我们按下去幻想，来回传递着材料，整个灶房都洋溢着兴奋和笑声。

母亲别无选择地让我烧锅，因为火势和方向只有大孩子能控制。但母亲还是不放心，在油进了锅烧热后，她大声叫我烧小火，再小些。我往往做不到，塞了一灶膛的柴草火势太大。母亲将面抓在手里拍好，团成圆形，捏成花边，轻轻地放进锅里，一块，两块。这时，母亲像一个将军，审时度势地翻着这块，点点那块。身后，弟弟、妹妹都已经停止了吵闹，安安静静地站在灶前，眼巴巴地看着锅里。

终于，母亲捞起了南瓜饼，圆圆的，胖胖的，绿绿的，闪着油花，幸福地挤在盘子里，彼此呵着热气和一些温暖。我们伸出小手，大口咬下去，酥酥、软软的，清香味直钻向心里。母亲一边收拾残局，一边笑骂着，吃慢点儿，多吃会儿。

于是我们放慢速度，慢慢品尝，但终究南瓜饼少了，很快就吃完了。我们抹着油乎乎的嘴说，怎么不多做些？母亲头也不抬地说，那得多少油多少鸡蛋？有这一顿已经不错了。

真的，问了许多伙伴，他们都摇头，说没吃过。我们便觉得很幸福，每年有这样一顿既可当饭又可当菜的南瓜饼盛宴，于是幸福的渴望从冬天到夏天，弥漫在生活的每一个角落，让贫穷的日子熠熠生辉。母亲就是渴望的源泉，泉水叮当，不知不觉流淌了20年。直到去年的暑假，都已成亲的弟弟妹妹有机会团聚时，妈妈还要做南瓜饼，说这手艺丢了五六年了。父亲主动烧锅，我们在闲聊，屋里热气腾腾。

饼做好了，大家拥上去一人一块。味道依然很可口，色彩依然嫩绿可口，只是我们少了馋劲，更小的孩子们尝了一口，也不吃了，他们说，没有巧克力、炸鸡腿好吃。母亲过来时，大家已经在闲聊了，桌上还有一盘冒着热气的绿绿的冒着油花的南瓜饼。父亲笑着说，你自己吃吧，年年舍不得吃。

恍然大悟似的，我想起我没有看过母亲吃南瓜饼的情景。我问弟弟，他摇摇头。我问妹妹，她摇摇头。我看了看那盘南瓜饼，颜色很鲜艳。

母亲又劝了一会儿，见没人响应，只好自己吃。她大口地吃着，幸福地咀嚼着，和我们小时候一样。我们都静静地看着母亲，和她曾经看我们一样，默默地，充满喜悦。

第二辑　每一片叶都会跳舞

幸福的关键词

葱和蒜的味道

  母亲做饭喜欢用葱蒜，细细地切好，撒在面条里，耀眼的白，嫩嫩的绿，赏心悦目。而且，而且还有一股清清的、淡淡的香。

  烧汤也用，碎碎地飘在汤里；烧菜也用，长茎细叶温暖地依偎在一起。孩子们都说，妈快变成"葱蒜队长"了。

  队长是他们见过最大的官。母亲就笑，有饭吃还堵不住嘴？看书去！

  于是，母亲就见缝插针地种葱种蒜，一大片一大片，青翠欲滴。母亲还是下面条用，烧菜用，烧汤用，就连凉拌菜也撒上些葱蒜。

  于是，孩子们在母亲的呵护下渐渐长大了。长大了的孩子开始发现有葱蒜的饭不纯粹，疯长的身体渴望单纯的面食或者五颜六色。老大用筷子一拨拉，妈，以后不要放葱蒜了。

  母亲沉了脸，快些吃完上学去，妈知道怎么做饭。

  母亲放的葱蒜，并不见少，孩子们筷子拨拉得更勤快，还用鼻子嗅嗅。母亲说，吃饭。最小的孩子闪着明亮的眼睛说，听说人家放白白的粉末。老二打断他的话，说，那叫味精。

  母亲说，吃饭！那东西，味道不正。孩子们便想，放了味精的饭是什么味道？

  伴着想象，孩子们开始长大。他们开始知道不仅有味精，还有鸡精、茴香、八角，以及许许多多不知名的、香味独特的中药，让人胃口大开，食欲猛增。他们开始习惯坐在豪华的包间，优雅地吃着精美的饭菜，嗅着各种名贵的气息。

  只有母亲，还在乡下，守着老屋与菜园。

  过节时，兄妹们轮流接母亲到城里过。母亲过完节就回来，说不习惯，住也憋闷，吃也憋闷，菜没有材料多。

他们忙，一般也都没时间回乡下去。其实还有一个原因，他们的孩子说乡下奶奶做饭不卫生，味道也不好。终于，在母亲60岁那年，孩子们决定回去，给母亲过寿。

母亲很高兴，非要亲自做饭。孩子们都说，我们都会做，家家有食谱，做着好呢。母亲说，那不行，多少年没这么齐整过，听话，还是妈做。

母亲用力擀的细面条，母亲亲手烧的木柴火，还有切得细细的、碎碎的、白白绿绿的葱末、蒜叶。一人一碗，热气腾腾。孩子们嗅了嗅，开始吃饭。

"妈，你还别说，你做的饭真香。"母亲听后，笑了，又往锅里撒了些青翠的葱叶蒜片，那是葱蒜的香气。

"我知道你们长大后不愿吃，"母亲又细细地切着葱蒜，说，"可日子穷，没钱买佐料，葱添味，蒜消毒，正适合我们吃，要不然你们都长得跟牛犊子似的。"

牛犊子们都笑了，笑得并不爽朗，然后埋头吃饭，大口地吃。

母亲拿起勺子，将锅里的面条搅了搅，清清的淡淡的味道更浓了。

孩子们知道，那是母爱的味道，清清的，淡淡的，弥散在空间，在心间，一直不曾离去。

 ## 手机号码

我2003年才用上手机，这只手机拿在手里像一小块砖头，既不能照相，也没有和弦音。

其实我一直在坚持不用手机。我喜欢一个人在校园里静静

幸福的关键词

地走,悠闲地看书,喜欢到院墙外的田野游荡,看玉米,看小草,还有一些鸟儿,它们都属于我。这个过程中我是安静的,我需要不掺杂质的独立,和随心所欲的自由。所以我不喜欢一边独自钓鱼,一边大声地对着手机说:"我在钓鱼啊,对,在河边!修身养性嘛!"我也不喜欢一个老师在课堂上游刃八方的时候,突然拿起手机走出去,丢下满地的支离破碎。那是知识,可惜已经无法织成华美的锦绣。

但我还是有了手机,仿佛一夜之间,学校里的同事都配上手机了。大家都忙着输进亲戚朋友同事的号码,然后乐滋滋地拨通:"喂,我是小李啊,对!这是我的号码。"当然他们也问我的号码,我说没有。他们就批评我:"得跟上时代,连少林寺的方丈都在手机里传送偈语,凡夫俗子还有什么顾虑。"

我坚持了很长一段时间。许多学生也打来电话:"老师,我买手机了,记一下我的号码。"他们当然问我的号码,我说快买了。不断有人问:"怎么还不买,老师,要不我们帮你买一个?"

我终于坚持不住了,哪能沦陷到让弟子替老师支付说话成本的境地。

于是我就到街上买了一部手机,随随便便地划了一个号码,前后10分钟。但我还是懊悔没有把持住,所以采取守株待兔的方式。常常有某个同事无意中问起:"你还没买手机啊?"我便淡淡地说:"买了,才买!"然后再把号码给他。但是,手机号码像病毒一样复制了出去,很短的时间里,就有许多不同的人打来。领导说:"你星期六补课,不单独通知了。"学生说:"老师你终于有手机了,我可以狂发短信了。"家长说:"我家孩子学习怎么样?"奇怪的是还有送煤气送煤球卖电冰箱的也知道了我的号码,他们都口若悬河地推销自己的人品和产品。我说:"你怎么知道我的号码?"他们都笑了,笑得非常自然:"什么年代了,找个号码多简单!"

我看着纸上写下的这11个阿拉伯数字发呆：它们确实简单，简单到每一个人都可以简简单单地抓住我。

领导说："你在哪儿？"那时我正在田野看一株野生的瓜蔓，上面结着一个拳头大小的西瓜。我说："我正在家里看书。"领导就叫我马上到办公室加班。我当然去晚了，领导不高兴，我也不高兴，我的星期天就这样被他抓走了。同事教我一个方法——关机。我试了一次，很快放弃了。因为一次开机后，我看到8个未接电话，都是中心校头头的号码。我赶紧打回去，只听头头说："有一个优秀教师的名额本来准备给你，叫你写汇报材料，联系不上只好换人了。"我盯着手机气啊，我怎么就关机了呢？

于是我开机，于是我又被人简简单单地抓住了。毕业的学生发来谜语，让我帮着编两条短信送给对象，或者发来无关紧要的笑话。许多，非常多。他们都用"动感地带"，短信像炮弹一样轰了过来，准确无误，将我的时间炸得体无完肤。

可有时一条短信又会让人感动，欣喜。有一个人问我是否在六安上过学。我知道他是对的，因为六安和我的号码构成了一个坐标，交点确实是我。但我不认识这个号码，它不属于同事学生，也不属于亲戚，很陌生。我小心翼翼地给那个号码回了确定的答复，然后想象11个数字背后是什么样的面孔，又会勾起哪一段美好的回忆。手机响了，是那个号码，原来是大学寝室的室友。他在《读者》上看到我的文章，又在我的博客里搜到我的手机号码。十年的离别，在两串长长的数字连接后猝然重逢。

我记下他的号码，那毫无规律的11个数字，足以让我整齐地回忆起他的点点滴滴。

然后陆续有同学打来。寒暄之后，我们彼此留下了手机号码。每一个号码背后，都是一个曾经相熟的生命在辛勤地奔走。每一个号码都是风筝下面长长的线，而这根线系在了无数相关

幸福的关键词

的人手中。彼此一拽，生命的风筝就有了感应，就会飞舞出更美的姿态。

我相信这种姿态。我手机里已经储存满了300个号码，它们代表着我在这个社会中的生活范围、社交轨迹。在毕业的学生眼中，我是一种回忆，找到我，就回到了中学时光。在家长心中，我是家长，找到我就掌握了学生的行踪。同学眼中，我是班级块头最大的一个，缺了我，记忆就不完整。没事的时候，看着这300个号码，我就感觉我活在300个人的心中，这300个人与我密切相关。我还在他们姓名前配上了地址，从安徽到上海、深圳，或者新疆，这些号码就有了生命，让我联想到许多人，许多时间，比如高中，大学。这时，我的心里就会升腾起一种温暖。

温暖在继续发酵。不断有新的号码要输进来，有新毕业的学生，新认识的朋友，刚刚联系上的编辑，所以我又得删去一些号码。看着每一个熟悉的名字和后面长长的数字，我无能为力。我无法随意删掉一个号码，仿佛怕失去一段记忆，或者一种情感。

一位朋友告诉我："简单，换个号码。"我愕然，问："换个号码？"他说："对啊，现在通讯商经常推出新业务，又便宜，换个号码多实惠。"

我继续愕然，我一直以来好不容易培养起来的对手机的感情才有一点点基础，他说换就换了。就像流行音乐，昨天还在台上风光四射，今天的碟片已经灰尘满身。

他说："把新号码群发出去，需要你的人会主动和你联系。"我知道他是对的，可是母亲呢？母亲能记住我的号码吗？

母亲本来不记号码。家里有一部电话，都是我们打回去，天南海北地打回去，母亲忙着从厨房从树下跑着去接、去和我们聊天。平常的日子，我离老家最近，经常回去看看母亲。他们过年时回来，从上海，从浙江，千里迢迢的。母亲说："有事往家打电话就行了，不要往家来，你们都忙。"母亲的话不是真的。她知道我们有了手机，让我把手机号码都写在墙上，大大地写，不然看不清楚。她说用着的时候就打我们的电话，让我们回来。这像是有些征兆，比如生病。母亲摇头说："以防万一。"我把四串数字又重重地描了一遍，母亲看了看，说："很清楚，像一群小动物趴在墙上。"

我们便期待着母亲打来电话，她应该会试着拨通，看自己能不能找到四个孩子中的任何一个。可是没有，母亲没有。依然是我们往回打，她去接、去和我们聊天。她说："没事打电话，你们会以为出了事。"

所以我接到母亲电话时吃了一惊。正是吃午饭时间，她应该正在饭桌前吃饭。我接了电话，是一个陌生的声音，用陌生的腔调催促我快些回去，说我妈吊水出了问题，反应很明显。

我拦了一辆车。我拼命地往回赶，半路遇到母亲的救护车正往县城赶。

到了医院，母亲的症状有所减轻，医生也说不碍事。我们给她打了吊针，叫她睡。母亲不睡，慈祥地微笑："我怕看不到你了。"邻居告诉我，他们要打120，她非要打你电话。邻居一边学母亲抽筋时的情形，一边夸奖母亲记性真好，一下子就说出了你的号码。

我看着母亲。母亲有些不好意思："巧了，一下子就说对了。"

我没有说话，我知道那不是巧合。母亲肯定经常在家看着那些陌生的数字，每串数字都是她的一个孩子，向她微笑。

我走出病房，悄悄地抹去汹涌的眼泪。

母亲是个文盲，她不认识"一、二、三"以外的所有的汉字，她记不住"1、2、3"以外的所有数字。

但这串数字，母亲记住了，用爱用心记住了，像记住我成长的每一个细节一样，记住那些陌生的奇形怪状的数字。

我当然不能换号。这个号码已经属于母亲，我无权更改。

幸福的关键词

 每一片叶都会跳舞

　　孙小丹褂子的背面多了两片树叶，细细的，长长的，向同一个方向飞扬着。她跑过来时，叶子也跟着跳动，划出欢快的痕迹。

　　最早发现这个秘密的是杨赛。上课时，坐在孙小丹后面的杨赛用直尺把叶子轻轻地刮了一遍，又用手摸了一下，却被老师发现了。杨赛不好意思地站起来，指着那两片树叶，说，我想看看是不是真的。

　　全班同学的注意力一下子被吸引过来了。老师也仔细地看了，摸了。"真漂亮。"老师说。孙小丹恬静地笑了，看着书本。老师问："是一买来就印在上面的吗？"她摇摇头说："我妈绣的。"

　　大家都觉得她真幸福，成绩那么好，人缘也不错，还有一个会刺绣的妈妈。于是，在五彩缤纷的条纹中，图画中，那两片叶子静静地、像一个美丽的女子般挥着长袖缓缓起舞。于是，下课时她行走的背影聚焦了羡慕、赞美的目光，仿佛看到了春风起处两片绿叶在树上舒展着优美的身姿。

　　孙小丹又换了一套衣服，青布的褂，青布的裤，在满带着饰品拼着图案的服装中间非常低调。孙小丹没有感觉到，依然静静地读书认真地写字欢快地玩耍，一点儿也没有向往那些写满"流星花园""王子变青蛙"服装的意思。大家却还是把目光给了她，给了她背上的三片叶，裤子上的两片叶。很多人都看出来了，那些叶子充满了力量，飞扬着，飞动着，飞舞着，在阳光满地的校园中有一种别样的美。到底什么样的美？清新？绿色？典雅？超俗？谁也说不准，不过爱美的女生总是不由自主多看两眼，看那些叶子优雅地变换着舞步。

　　班里的女生悄悄地问，都是你妈绣的？看书的孙小丹点头，

我妈绣的叶子最漂亮。

过了一段时间，燕子飞回来了。校园里出现了各种各样的线衣。农村孩子把线衣直接穿在外面，孙小丹也是。不同的是，线衣背面只有一片树叶——法桐叶，三个叶尖向上努力着，鼓满了力量，仿佛从后面吹来温暖的风。

终于，李宛宛忍不住了，她拽孙小丹去吃糖果，问："能不能叫你妈给我绣一片叶子？"孙小丹腼腆地笑着："你衣服已经很漂亮了。"

郭倩倩请她吃冰棒，大大方方地说叶子太美丽了，请你妈给我绣一片最好看的，我天天买冰棒给你吃。孙小丹红着脸说，你这身衣服有这么亮的条纹，不需要叶子。

很多人找她，请她帮忙给妈妈说一声绣一片叶子，哪怕简单地勾勒一下也行。孙小丹都羞涩着回答，你们的衣服已经非常美丽了，不需要叶子点缀。

于是孙小丹依然带着叶子翩翩起舞，于是她和叶子依然就是大家心中独一无二的风景。

李宛宛悄悄地写纸条：我们到她家去。有着同样梦想的孩子们点头，说，对，直接请阿姨帮忙。所以，在某个春风和煦、空气中散播着花香的星期六，五个女生出现在孙小丹家中。

孙小丹正在院子里闭着眼睛背单词，见女生们来做客，她高兴极了，搬板凳、倒茶，可她们不要。郭倩倩看到院子里很静，她说："阿姨呢？"孟萍翻着她的英语书问："阿姨出去打工了吗？"孙小丹犹豫了一下说："我妈走了，不在家。"

孙小丹拿了一个镜框出来，说："这就是我妈，走了好几年。"大家看了，白皙的脸，齐耳的短发，是个很漂亮的妈妈。

那叶子呢？孙小丹说叶子是她妈妈绣的，她在走之前买了很多衣服够她穿三四年的，都绣上了树叶、花叶、荷叶，还有小草的叶子。"那年我上四年级，"孙小丹将镜框放在桌子上，

第二辑 每一片叶都会跳舞

幸福的关键词

说，"妈妈又教我绣叶子，她说女孩子衣服上有些东西好看，将来买不起带花的衣服就自己绣，也一样好看。"

"喏，你们看，"孙小丹又欢快起来，指着竹竿上的衣服说，"这都是我绣的，快赶上我妈了。"

李宛宛有些难为情地说："小丹你别生气，我们还以为你不想给我们绣，要自己漂亮呢。"郭倩倩也羞涩着说："我不知道你家里的事，真对不起。"孙小丹看看这个，看看那个，自己腼腆地笑笑说："没事，我还怕你们看不上眼呢。她拍拍脑袋，问道，要不我教你们绣？"

李宛宛点头，郭倩倩点头，去的孩子都笑眯眯地点头。

星期一开学时，班里多了许多漂亮的叶子，飞扬的，静静的，大方的，羞涩的。绿了大家的眼，仿佛教室是一片丛绿的树林。下课时，女孩子在操场上玩游戏，叶子跟着步伐就飞舞起来，每一片的舞姿都不雷同。

飞跑的孙小丹停下来，说："我妈打电话说要来看我了，还带着弟弟，到时叫我妈给你们绣。"来回追逐的孩子们也停下来，想象着千里之外的妈妈到来时肯定会带上许多衣服，每件衣服上都会绣上最美丽的树叶、花叶，还有小草的叶子。

因为，因为每一片叶子都会跳舞。因为每一个孩子都是母亲一生的舞蹈，从不停止。

16岁的盛宴

16岁那年，我上初三。

临近中考时，县一中提前招生。浩子、大淼、北京还有刘海和我都报名了。

结果我们都考上了。家里人都说继续上，没准中考还能考上个师范什么的，早日吃皇粮。

但我们自认为有了保证，学习不那么用劲了。看着同窗红着眼睛读单词背政治，浩子说得想些办法打发一下生活。北京最聪明，他提议，互相转转吧，三年同学都不知道家在哪儿！

只有刘海有些犹豫，北京就拍他肩膀说，认认门，又不比吃喝。大家都说是，苟富贵，勿相忘。

1992年的阳光很温暖。我们五个人在周末到了北京家。北京的父亲是村长。村长家的酒菜很丰盛，有鱼有肉，还有两瓶罐头。看着我们一脸的惊奇，村长就说专门到镇上买的，你们尽管吃。大家都有些激动，因为谁也没有和大人同桌吃饭喝酒的经历，何况村长还庄重地喊着我们的学名，让听惯了乳名的我们热血都沸腾了。回来的路上浩子说，我想唱歌，生活太美好了。于是幸福的歌声就像影子一样随着我们游走。

第二个周末是去浩子家。刘海牵自行车时有些迟疑，因为还有几道数学题没做呢。北京就夺过车把说："你真想考师范？"浩子很生气地说："嫌我家没有好吃的？"刘海笑了，我们都笑了。浩子家怎么会没有好吃的，他爸是厨子。

果然是一桌丰盛的大菜，有鱼有肉。浩子的父亲还精心将菜摆成各种形状，比如给鸡蛋点缀上芫荽，给花生配上葱蒜，让人赏心悦目。浩子说，我爹从来没有做过这么好的菜。他爹

幸福的关键词

端起酒杯幸福地说，那是因为你们都是人物。

我们年少的心一下就幸福起来了，而且这种幸福一直持续两个星期，因为大森的爸爸竟然烧了一盆牛肉粉丝，虽然粉丝比牛肉多，但足以让大家两眼放光。我妈也炸了丸子包了饺子。享受着过年的待遇，我们惊人的一致——风卷残云，而且没有空暇说话。

到刘海家会吃什么呢？我们浮想联翩。看来刘海也是，见了我们竟有一丝躲闪。浩子说，也许有秘密武器吧。大家都咂咂嘴巴。

到了星期四，刘海竟然还没有正式邀请我们。性急的北京就嚷道："还叫不叫我们去了？"浩子和我们都绅士地点点头说："主要是认认门，吃都吃够了。"刘海慌乱地说："该认门，我家不好找。"

刘海家真不好找，我们跟着左拐右拐骑了两个多小时才到。他的母亲，一个瘦瘦的妇人，迎接着我们，叫我们进屋，让我们吃花生。北京客气地说："大，我们来玩呢，不吃东西。"那个瘦瘦的妇人就笑，很慈祥地笑，说："没有好东西，只能吃花生了。"

刘海说家里没地方，到村上逛逛吧。我们逛了很长时间，也看出没有什么特别，一样的房屋，一样的牛棚池塘。但肚子开始鸣叫了，刘海说："该吃饭了，我爹也该回来了。"

我们没看到刘海的爹，只看见满满一桌子的菜，有白白的土豆丝，青青的凉拌蒜，当然也有肉，有鱼。浩子不由自主地惊叹了一声："是鸡肉！"一句话就勾起了大家的食欲。农家喂鸡，母的下蛋，公的逢年过节卖个好价钱，没人舍得吃。我们找了凳子坐好，刘海也坐。刘海说："吃吧，随便吃。"我说："大呢？他们怎么没来？"要知道在那几家，家长都是陪着我们吃饭。刘海伸筷子，说："吃吧，我爹说年轻人一起吃，说话方便。"

我就起身去喊——父亲告诉我要学会尊重长辈。到了锅屋门口，听见他们正在争吵什么。我心想，会不会是因为我们的到来？

"你怎么现在才想起来？"是刘海的爹。

"我忙晕头了，跟自家吃饭一样，忘记买了。"那个瘦瘦的妇人有些委屈。

"那你鱼怎么烧的?"依旧是埋怨。

"我直接放水煮了,这下丢人了。"刘海的母亲扯起围裙在脸上擦了一把。透过粗大的芦苇泥墙缝隙看着她,我想起了我的母亲。

默默地,我回到堂屋,没有回答他们的诧异。我尝了一口土豆,我尝了一口鸡汤,我尝了一口鱼汤,它们都是咸咸的,没有一丝油味。刘海的样子很羞惭,说:"我家炒菜不放油。"一刹那,我们都不说话了,像在学校里犯了错误,后悔而且难过。是我们的到来,让那位可敬的阿姨杀了鸡,炒了很多菜,让她在穷苦的生活中又费尽了周折,生怕让孩子失去尊严。

浩子说:"其实我们家也不怎么吃油,都放盐。"大淼说:"上天在我家吃饭,我妈心疼了好几天,说一顿抵得上两个月的油了。"我使劲喝了一口汤,说:"别说了,还是这汤鲜。"大家都说这汤真鲜,多喝两口。

刘海的母亲搓着围裙,有些拘谨地站在桌前。北京就拍脑袋,说:"大,你别生气,我们吃起来忘记喊你们了。"大淼端起盆猛喝了一口,说:"比我妈烧的鱼好吃多了。"

我们是松了两节裤带走的。刘海的父亲没有送我们,他说上午打鱼时崴了脚。但我们都恭敬地在低矮的烧锅屋里和他握手,像一个成年人一样话别。

1992年的阳光依旧温暖,在温暖中我们一下子长成了大人。回来的路上没有人再说话了,只有快到学校时,我忍不住恶狠狠地说了一句:"下星期不准再转了,认真读书!"他们都低着头,努力地前进着。

我知道,有了父爱,有了母爱,有了努力,有了尊严,人生这道宴席就是一顿丰盛的大餐。这顿刘海家的午饭,我从16岁一直品尝到现在。

第二辑 每一片叶都会跳舞

049

第 三 辑 **最勇敢的孩子**

幸福的关键词

 **谁听过那首《栀子花开》**

星期一，她没来，第一排留下很显眼的空位。我问同村的孩子，他们都说不知道，打电话到家里，是无尽的忙音。我的心一下被扯得很远，该不会出什么事了吧？因为，她是一个从不迟到的学生。

中午，我决定去她家看看。这是一个惹人喜欢的孩子，高挑而漂亮，脸上永远带着腼腆的笑。在新年联欢会上，她还唱了一首《栀子花开》，同学们都说好听。

家里没人。邻居说她已走了两天，大概是去看病了。

同学们正在紧张地复习。临近年关，外出打工的父母即将回来，谁不想多考两分抚慰一下疲惫的父母。我忙活着，出卷、批阅、分析，不敢有一丝马虎。

至于她，我们暂时忘记了。不久，便有不好的消息传来。校长告诉我："李娜在蚌埠治病，打电话让我向你请假。""什么病？"校长摇着头说："不知道，她父亲急急的，说完就挂了。"接着，就有和她同村的老师说："确诊了，是白血病。"白血病！我瞪着他，企图看出一些谎言的痕迹。20天前她还清纯地唱着《栀子花开》，四天前她还履行着团支书的职责，腼腆地走上讲台安排工作，刚才我还读过她写的一篇作文……然而那老师摇摇头："我也不希望是真的。"

我更不希望这是真的。短暂的几年教学生活，我习惯了看着一个个留着鼻涕的儿童变成含羞的少女、阳光的男孩，习惯了与这些纯真、快乐的孩子们相处的感觉。我没有经历过这样一种绝望，那突如其来的暴风雨摧残过的断枝残花的绝望。

于是，我回到家查资料，翻开所有的书查，希望可以找到一些精神慰藉。这是我唯一能做的。

星期三，平静，没有好消息，但也没有坏消息。我开始乐观了，也许是讹传，或者是误诊。校长说："明天去医院看看吧。"我记起班里焦急的孩子们，想带两个一起去。校长考虑了一会儿，说："算了吧，路远，学生们正在复习。"我想想也是。于是我找出联欢会的录音带播放，里面有她的歌声。同学们听了，抵消了一些思念。

那歌声像花香，轻轻地弥散。

愿望与客观现实是两个独立的概念。星期四，一切都回归残酷的真实。在离家十几公里的一个医院，李娜已经失明，已经昏迷，并下了病危通知。一切来得那么突然，总让人认为这是一场精心设计的玩笑。

我和一个同事匆匆坐上车，车里竟有许多熟识的面孔。我们相互点头示意。我们有同一个目的：去探望女孩，去寻找希望、奇迹。

病房外面站着李娜的父亲，那个瘦瘦的公务员。人群中，突然有人抱住我，痛哭起来，机械地、语无伦次地絮叨。我无法劝说，直到有人把他拉开，我干涩地说"我想看看孩子"，这才走进病房。那个叫李娜的孩子，安静地躺在床上。几根白色的管子，蓝色的氧气瓶，还有她的鼻孔，她的身体，此时它们是一个整体。床边围满了人，坐着，站着，蹲着，都在抹眼泪。一个妇女一边哭一边诉说着什么。终于，一个长辈训斥道："不要哭，她能听到。"然后开始向外赶人。但走廊里也站满了人，乡邻、亲戚、熟识的人都赶来看望临终的李娜。

我的到来让她母亲又找到了新话题。她拍拍孩子的脸、摸着孩子发青的胳膊，告诉她："班主任来了，你不是要考试吗？班主任告诉你不用考了，课，他会帮你补。"我蹲下去，看着李娜那苍白的脸、长长的睫毛，准备好的话，譬如深情的呼唤、旁若无人的鼓励，都搁浅在口中。她熟睡了，静谧、安详。突然，

第三辑 最勇敢的孩子

幸福的关键词

她的呼吸急促起来，脚猛地动了一下。那个长辈告诉我："她看不到，还能听到。你来了，她高兴。"说着，她的眼角渗出了一滴泪水，向下、向下……她酸楚地哽咽，无法控制。医生迅速地跑过来。我后悔我的到来让她激动，但我奢望她的激动能带来奇迹。我只好默默地祈祷，默默地看着人来人往。几分钟后，一切归于平静。我该走了，让后面的人表达心意。

走出病房，我忍不住又回去看了一眼。她还是平静地睡着，床头堆满了亲戚送来的新衣服。

回到班里，同学们在不安地看着书。终于，有人递上一张纸条：老师，我们想李娜。教室里，泣声一片。我很平静地说："明天考完试，我带你们一起去。"然后，赶紧走出门。这种平静，我差一点做不到。不知是谁又放起了音乐，是《栀子花开》："淡淡的青春，纯纯的爱……"满校园都是歌声。两个低年级的女生，跟着哼唱，从我面前幸福地跑过。

那天的考试异常顺利。考完试，同学们自发地排好队。"老师，我们走吧。"走吧，我们同行。踩着暖暖的阳光，满怀希望抑或悲痛，我们向她家走去。

进了屋，我们看到她已经被放在了正屋的中间。这是本地的风俗，让快要离去的人占据一个好位置。依然是那氧气瓶的蓝，输气管的白，孩子身上的青，这些都不和谐地构成了真实的一幕。她的母亲，还在给她喂着一种不知名的中药，在擦拭溢出的药水，在向她介绍我们的到来。当她同桌的名字被提起时，她突然又动了，呼吸急促起来。难道她又回忆起与同学们在一起的欢乐场景吗？那么，这种温暖能带来冲破无穷黑暗的力量吗？家人慌忙起身，打电话找医生。我示意同学们出去。最后时刻，我不想让孩子们面对一个生命的逝去。

我和她爸爸又拥抱了一次。他笑着说谢谢，笑容很凄然。

回来时，大家整齐地排着队，缺少了李娜的队伍显得冷冷清清。他们不知道，我也不知道，该怎样度过这个下午。那个下午，她也选择了离开，仅仅五天，就离开了绽放鲜花与梦想的少年时代，还有无尽的病痛折磨。平静地离去也许是一种解脱。我翻开日历：农历腊月十九。快过年了。

这个春节，我重复着一件事：反复播放同一首歌《栀子花开》。"这个季节我们将离开，难舍的你害羞的女孩，就像一阵清香萦绕在我的心怀……"听着，我就想起她那腼腆的笑，笑容如花，想起她那甜美的歌，歌声似花，还有她那短暂而纯洁的生命，也像花，就像栀子花，清清白白地开，不带一丝纤尘地去，悄然绽放在回忆的每一个瞬间。

新年的鞭炮声响完就开学了，我想带学生们去她坟前看看。教室里正飘荡着那熟悉的歌声，"栀子花开，如此可爱，挥挥手告别欢乐、无奈……"是的，人生应该由欢乐、啜泣、无奈组成，任何一种色调的比例不和谐都会失去真实。于是，我惆怅。栀子花一般的年龄，淡淡的哀愁，纯纯的爱，才是真实。这种真实，包括不加修饰的记忆，属于他们，属于流逝的时间。而我，当然不能让他们过多地在回忆中生活。

于是，我只打了一个电话，告诉她父亲，买一盒磁带听一首歌，叫《栀子花开》，李娜唱过的，很好听。然后，我平静地上课，为栀子花一样美丽的孩子们。

上海真大

第三辑 最勇敢的孩子

客车到了上海。站在北广场上，我买了一瓶水给浩然。

浩然蹲在地上，脸色苍白。我帮他拍拍肩，他没说话。进

幸福的关键词

出的人很多，没有人注意我们。

我们找了一家旅社，住下。浩然说，走吧，也许出门就能见到爸爸。他笑了，笑容很忧郁，像一朵小花，在早秋的风中摇曳。我也笑，说，那就走，到外滩去，人多。外滩人真多，亲热的情侣，欢乐的三口之家，慈祥的老年夫妇，都在悠闲地散步。我说那是黄浦江，对面是东方明珠。浩然仰头，夸张地笑问，能上去吗？我说没有问题。浩然摇摇头说，还是找爸爸吧。

爸爸不在外滩。我们走到外摆渡桥，我说，这是《情深深雨蒙蒙》中依萍跳河的桥。他有些兴奋，走过去，看着，不说话。过了一会儿，他转脸问我，真跳吗？"小燕子"会不会游泳？我慈爱地看着他，笑，一点一点地笑："孩子，那是拍电影。"

吃饭的时候，我给他买了玉米棒子，水煮的，四块钱一根。他使劲地啃了一大口，告诉我，甜。我们吃了两碗面。他吃得不多，说饱了，玉米棒子不如家里的好吃。突然，浩然说，爸爸烤的玉米棒子最好吃，一吃满嘴乌黑，又香又甜。我看着他笑，像是上课时，微笑着看每一个学生。

浩然也是我的学生，请了病假，之后回到学校上学，却在某个星期一上学时告诉我，他不上了。浩然妈妈很无奈，说他爸爸外出了，没有留下任何音信，比如电话或地址。

我去劝说了两次，没有效果，浩然坚持要找爸爸。浩然笑着对我说，爸爸不会丢下我，是吧，老师？墙上的奖状晃了我的眼睛，我突然决定，带他去找爸爸，就趁五一节的三天假。

下午去南京路。我说，这是上海最繁华的街道，人最多。浩然的眼睛像探射灯，扫来扫去。我也是，看服装，看各种各样的建筑，讲给他听。浩然便和我研究，那些服装的价格为什么这么高。"应该是纯棉制造"，他认真地判断，"怪不得冬天我的棉袄那么暖和。"他恍然大悟似的。我们开始坐在石椅上休息，看着人来人往。

休息的时间很长。浩然靠在我怀里，看着南京路上的灯火，沉默着。然后我们去吃饭，在旅店门前，一人一碗水饺。浩然说爸爸包的水饺很丑。他比画着说，盖不住馅。而后他呛了一下，继续开心地比画，仿佛这碗水饺就是爸爸包的，四处漏风。

第二天，我们继续。在浦东，在陆家嘴，我说人越多的地方越好找。浩然坐了地铁，很惊奇。浩然坐在公园里，很快乐。十块钱一次的划船，使他主动要求背诵一首古诗：白毛浮绿水，红掌拨清波。他背诗的时候，我的心莫名其妙痛了一下。我们看了银行，看了飞机从头顶飞过。他夸张地蹲下，说，老师，我怕。我也蹲下，告诉他我也怕，飞机这么大，要是像麻雀这么小就好了。

上海是没有麻雀的。浩然走累时，我们就乘公交车，专拣双层的坐。我叮嘱他，坐得高看得远，也许爸爸就在街边，干活或者打电话回家。

浩然的眼睛睁得大大的，看人，看楼，看电话亭。到动物园时，看猴子、狮子、老虎，都是眨也不眨。我们还去看海豚钻圈、顶球，看台上掌声不断。浩然也鼓掌，停下来时就指指点点，很开心的样子。动物园很大，浩然走累了，就坐下来看游人，看高大的树木和绿油油的草地。浩然说，动物园比我们一个村还大，我说差不多吧。浩然忽然不说话了，顺着他眼光向前看，一辆观光电瓶车开过来。我拽了拽他，说，坐车去，转一圈。浩然没有动身，说，太贵了，老师。我理所当然地笑笑说，贵什么，四块钱，不贵。

浩然坐在车上时，目光很平静。看到铁丝网里的骆驼、孔雀，他只是看着，不说话。下车时，浩然说，老师，动物园里不该有爸爸。我笑笑说，不一定，爸爸也许是猴子，一跳就跳了过来。他看看我，目光渐渐坚硬起来，有了一丝怀疑。我没有解释，陪着他向前走，向一个湖边走去。

湖水清澈，石凳上，一个背影在沉默着。我喊了一声浩然，

幸福的关键词

浩然应了一声,背影也应了一声,转脸,绽放着满面喜悦。

浩然看到了爸爸。爸爸开心地看着猴子、老虎、熊猫。浩然看老虎、熊猫,然后告诉爸爸,老师知道他包的饺子很丑,可是很温柔。

浩然知道爸爸没有丢下他,爸爸到上海打工挣钱给他看病。可是爸爸回来了,和浩然和我一起。爸爸说,老板借了很多很多的钱给他,一定要治好浩然的病。

我回到了学校,备课、上课。我什么也没说,比如浩然得的是癌症,爸爸到上海不是打工,老板也没有借钱给他。我只是帮助他们实现浩然的一个愿望:到中国最大的城市,看高楼,坐地铁,看大城市的繁华。可是浩然不愿去,他说家里的钱,治病花干了,哪儿也不去。

后来,浩然走了,在医院里,安详地走了。他爸爸打电话给我,说浩然很满足。"上海真大。"他这样告诉父亲、母亲、爷爷还有奶奶。电话结束时,他说了声谢谢,我莫名其妙颤抖了一下,一滴红笔水滴在作文本上,很鲜艳,像一朵绽开的花。

鸡蛋茶

上高三那年经常要晚睡早起,于是大家开始想办法给自己增加营养。

先是城里的同学喝起了口服液。很大很漂亮的盒子,一盒十小瓶。他们会在早晨优雅地吸上一小瓶,然后将瓶子潇洒地扔进废物箱里,让我们很是羡慕。

口服液很贵,一小瓶一块钱。得知价钱之后,我们摇摇头,又一次捧起书本。一块钱，可以买上一顿早餐了，太奢侈。

班主任没说奢侈。他推荐一个民间偏方给大家：土鸡蛋加白糖，用沸水冲服。"有用吗？"我们都有些疑问。班主任笑笑说："药书云：调和肠胃，滋养脾肺，舒筋养脑，主增记忆。""真的？"班主任肯定地点点头说："当然，我就是这么喝过来的。"停顿了一下，他又认真地说，"中药有中药的规矩，每天早上起床后喝一次，晚上10点钟再喝一次，效果绝对好。"

于是，学校里多了许多拎着篮子的乡下人。父亲将篮子塞到我手里，说："使劲喝，家里鸡蛋多着呢。"这我信，农村谁家不喂十来只母鸡？父亲又说："还是文化人聪明，鸡蛋也是中药，又便宜。"

我们便毫不心疼地喝起了"偏方"。轻轻一磕，清清的黄黄的倾泻而下，我们飞速地搅动筷子，笑着，比赛着，然后浇下刚烧开的沸水，顿时杯子里颜色变白变黄，变成雪花的样子，一小片一小片的。这时，再撒进一小撮白糖，盖上盖子。使劲嗅两次，只有一些甜味。三五分钟后，打开盖子，扑鼻的清清淡淡的香味、甜味在空气中飘散，久久不去。趁着热乎劲儿，大家都是猛喝两口，抹抹嘴，又捧起书本读起来。

"偏方"有用。我们感觉肚里热了，看书不困了，晚上可以看到11点半也不饿了。城里的同学在目睹我们的变化之后，纷纷扔掉口服液，改喝鸡蛋茶，猛猛地一大口之后张林摇头晃脑地说："早喝就好了。"

于是，教室里弥漫着香喷喷的鸡蛋味，从早晨到夜晚。

一直到高考，整个教室里都弥漫着香香甜甜的气息。高考结束后，我们都离开了那间教室，奔向更明亮的教室或者办公室、实验室，但是鸡蛋茶的味道在我们心中一直没有消失，反而更加浓烈、醇香。

所以十几年后的今天，我准备把这个"偏方"介绍给我的

第三辑　最勇敢的孩子

幸福的关键词

学生。我打电话请教班主任当年他所说的依据,他犹豫了一会儿,才说:"叫孩子们多吃点肉多锻炼就行了,别喝鸡蛋茶。""为什么?"我很诧异。他笑了:"那时条件差,鸡蛋增加点儿营养,糖提供能量,热水滋润肠胃,可以抵抵饿,给你们农村学生减轻一些负担罢了,哪能增强记忆?"

可是……可是我想起当年喝过鸡蛋茶后的精神抖擞,想起大家格外珍惜而不浪费一口的情形,想起校园里送鸡蛋殷切叮嘱的父母们。我还是相信鸡蛋茶,相信是它给了我们动力,给了我们希望,还有成功,当然包括营养、记忆。

因为,贫寒中的温暖让人格外珍惜。因为,岁月的沉淀才是人生的瑰宝。

 班 主 任

早操的铃声是一个信号。我在信号的提示下奔向操场,那里有许多早起的同学在等着我。他们会看出我有没有洗脸,我能数清楚还缺了几个同学。早晨的风凉习习的,早晨的学生慵懒着,我也一样。终于,雄壮的进行曲响了,像一条长龙一样的队伍沿着操场跑了起来,声音很杂,步伐也很乱,同学们彼此笑着,戏打着。但是,像我一样的班主任三三两两跟在了队伍后面,用大声制止着嘈杂,用快速的脚步显示着庄严。没有多久,操场安静了,1000多人的队伍在周围长满玉米、黄豆、棉花的操场中间安安静静地前进着,用同一段旋律,用同一种脚步,满载着青春或者梦想,开始每一天新的生活。

其实我的生活也就这样开始了。记不清有多少天或者多少

次，只知道十年来每一个上课的早晨，我都这样开始一个不同的一天，不管这天是兴奋、欣喜或者悲伤、难过。学生还要读书，读美丽的文字也许是动听的外语。我也读，站在教室里仿佛回到当年求学时。但我读的时间不长，我得安排学生打扫卫生区，得检查寝室有没有打扫，还得询问迟到的学生为什么来得这么晚。做完这些事，我还需要回家打开炉子，烧上一锅稀饭。这稀饭，是早晨给我最好的礼物。

　　白天是繁忙的。我夹着书本在教室间游走。我会神采飞扬地讲解李白的诗句，也会慷慨激昂地评点历史。这时，我很高兴，许多双求知的眼睛给我期待和力量，我便更认真地在历史和现实间穿梭，在我和学生间穿梭。但也会有人打断这个过程，往往是某一个衣着干净脚上却穿着一双泛黄球鞋的男子，或者脸黑黑的但穿着流行服装的妇女。他们拘谨地站在教室外向我笑。我想起我在今天早晨或者昨天晚上打过电话叫他们到学校里来。这一堂课就这样被中断了，尽管他们会在门外等我，但我已经回到了现实，仿佛风筝断了线，颓废地落在大地上。

　　课间是美丽的。我会获得空前的尊重和敬意，虽然我要付出喋喋不休的口舌。我会列举那两个调皮学生的种种顽劣之处，比如上网、大吃大喝，也会让家长不要使用暴力。但我得花更多的时间与家长一起聊许多他们关心的问题，像成绩或者将来的命运。这时我说的每一句话，他们都是认真聆听的，这种认真让我不敢轻易多说一句话。

　　除了家长，更多的是学生。他们是来打官司的，碰掉东西、喊了绰号了，等等。一个胖胖的女生揪了两个小男生，理直气壮地说他们不能喊她"冬瓜"。还没等我开口，一个小男生笑着说，冬瓜减肥。当然，他们会握手言和。我像一瓶润滑油，调剂所有的矛盾，像一把剪刀，剪去很多纷乱。50多个孩子，他们两两之间，三四个之间，有着数不清的关系，有着莫名的矛盾和

幸福的关键词

紧张,我在中间,是一大块陆地,可以搁浅,可以休息。而课间,是阳光最丰富的时候,他们都羞涩着、高兴着、气愤着走向办公室,找到我,还有许多个班的班主任,诉说着各种各样的愿望和委屈,不约而同地,而且不用任何理由。

但高峰期是中午。他们在热热闹闹的大食堂吃过饭后,在我还在快速地吃饭时,门前已经有人伸头几次了。往往是女生,三两个一阵,探头,缩回去,小声私语着,又伸出头来。我便出来。她们会推诿着,终于有人说要调座位或者请假,或者借钱。当然,我不能一一满足他们的要求。调位子是大事,一般不能让他们满意。请假有可能是一个借口,也需要火眼金睛。借钱则需要洞察力。我借过很多次钱,从一元到100元,从看病到修自行车再到学费。我准备一个笔记本专门记账,只记名字,不记钱数,等他们还时,自己勾掉。我遇到过一个学生,问我借过很多次两元钱都还了。终于有一次借了十元,然后50元,他说了各种各样的理由,我都借给他了。毕业了,他离开学校。我坚信他遇到了困难。他骑上了摩托车,比我还早买上了手机,只是不提钱的事,我还是相信他遇到了困难。但我现在让学生签上姓名,我想让他们知道,人生的信用从这次开始,就从一角钱开始。

学生很懂礼貌,在满足他们要求之后,就告辞回去了。剩下的时间是休息。休息是一种享受,我可以看书,听音乐,大多数时候我选择思考,选择安排下午的事。下午是一段好时光,没有语文课,班里一般太平无事。我可以出试卷,找两个学生慢条斯理地谈话。一个下午两个课间,就这样慢条斯理地过去了,不留下一点儿痕迹。

夜晚要留下许多痕迹。有时我在大街上的游戏厅里留下痕迹,我会揪住两个沉浸其中的学生神情严厉地带回来。有时我站在台球室门口静静地看着那两个调皮鬼拉开架式大干一场,然后垂头丧气地跟着我行走在半明半暗的小镇上。更多时候,

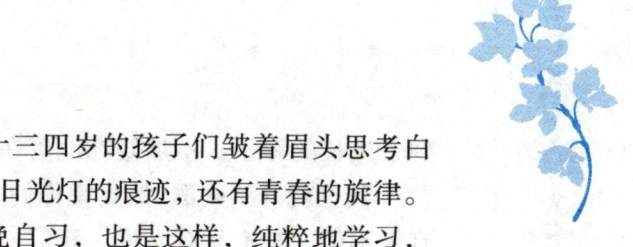

我坐在明亮的教室内，看着十三四岁的孩子们皱着眉头思考白天的课程，他们的脸上流动着日光灯的痕迹，还有青春的旋律。我就会想起我自己，当年，晚自习，也是这样，纯粹地学习，不掺一点儿杂质。

放晚自习了。教室里响起欢快的收书声，他们开始奔向商店，那里有方便面，有许多不知名的好看的也刺激食欲的零食。他们会在校园里溜达一会儿，消除一天的疲惫。而我的工作，是在又一遍铃声响过后，催促着他们回到寝室。这时，我才会意识到一天的生活已经悄无声息地过去了。

过去不一定是结束。有很多次深夜，我被敲门声，或是尖锐的电话铃声惊醒。班里的某一个同学突然生病，我当然得起来，带上几个同学深一脚浅一脚地去街西头的卫生院。奇怪的是每一次都需要吊水。但他们很高兴。在明亮的病房里，我们一起兴奋地聊天，连同生病的同学，看着我，也加入到聊天中来。大概是因为平日难得这样的机会，我们聊着天，难熬的时间就不知不觉流过去了。

时间流过去了，无声无息，记忆留下来了，有声有色。很多孩子长大了，没有把我放在记忆之外，他们会按手机的按键，给我发许多短信，也会打电话谈一些他们关于校园的回忆。我只是听，我只是高兴，高兴我是他们那一段记忆的守望者，无需更改，不用设计，永远留在许多学生的脑海深处。

平时聊多了，谈的时间长了，他们就会在过年前的某一天，相约而来，谈论着各自在城市里打工的见闻，比试着不同大学的风景，开着玩笑，回忆起当年上学时班级里的一些旧事，包括曾经发生过的争执。我会发现有许多秘密是我不知道的，比如谁谁写的纸条，比如偷偷过的生日。但我不后悔，他们现在回到了校园，就是为了找回记忆。我要做的是准备一些饭菜，看着当年的学生现在像大人一样彬彬有礼地谈笑喝酒，我就看

幸福的关键词

到了成长的影子，不加修饰地落在他们身上。

我也就开始喝酒，然后说你们上学时那点儿事，我早就知道。有人不信，马上又有人说，我信，谁叫他是我们的班主任呢。

我笑了，很开心地笑了。他们说，老师笑了，跟上课时一样。

 记　得

我经常接到电话，电话那头说："老师，你好！"往往我正在改作业，或者在看书，或者在吃饭。我会直接说："你好，哪位？"

答案惊人的相似：老师，你猜猜吧。男生是得意地笑，女生则有一丝撒娇的味道。

因为接过无数次这样的电话，我的经验也比较丰富了。我会让他们划定一个范围，比如哪一年毕业的，现在在哪个城市上学或者打工，慢慢地，就露出了蛛丝马迹。比如一个男生看我猜不出来，就提醒说，帮我搬过家具，我马上想起在唯一的一次搬家时，喊了五六个男生。我说："那天真亏你们，天那么热，连杯水都没喝。"他得意地笑了，说："老师，你错了，那天我不仅喝了水，还喝上饮料了。"这时，我准确地说出了他的名字。他的声音里有明显的惊喜："老师，你真能记住？"我也很得意地说："因为那天，有四个人吃了冰棒，冰棒不够，只有你一个人喝饮料。"

于是，在获得了记忆深处的满足之后，他们无一例外带着欣喜与我一起回忆。于是，教室里的点点滴滴又在回忆中放大、定格，在脑海里复原成珍贵的纪录片。

可也有牙关很紧的学生，执意叫我猜，又不透露任何微妙的信息。一个女生，口音很重，在我猜了三遍都猜不中之后，她有些失望，嘟哝了一句："谁让我只跟你上一年。"本来已经对号入座的几个考虑对象马上浮出水面，我知道她是谁了。

"老师早就知道了，你在徐州吗？"

电话那头不吭声，我知道我对了。

"你跟着你原来的父母在一起吗？"我知道她的身世，她过继给大姨家，跟着我在泗县上了一年。

电话里依然没有声音，估计她在纳闷。

"你走的时候，还有三本暑假作业没有领，我叫人带去，你应该收到了吧？"想到她，我就想起了她走时的情景，还有崭新的暑假作业。她终于说话了："谢谢你，老师，七年了，我以为学生太多，你会忘了我。"

我轻松地笑了。每一次记忆都会以这样的方式被激活，每一个熟悉的面孔和面容背后的琐碎就真实地浮现出来，从早晨跑操，到上课时的提问，连同他们之间的争吵与快乐，我当然都一一知晓。仿佛在路上，没有太阳，也没有月亮，但我知道，肯定有星星与我同行。

他们就是一颗颗明亮的星星，与我时刻同行，我又怎么会忘记？所以我会准确说出一个胖胖的女生写的一篇满分作文《我很胖，可是我很可爱》，会讲出一个孤僻的男生在教室门前的乒乓球台前与我的一次谈心，有时我会向一个学生道歉，说当年对他的批评太重了，也会和一个留着长头发的女孩子开玩笑说，早知你考上了这么好的大学，当初就该多揪两次耳朵。于是，每一个在心里考虑很久才会拿起电话筒的学生都获得了满足，他们知道自己在老师的心中没有被忘却，反而异常清晰地刻下了影子，连同细节一样真实。

我也会获得满足，从学生那儿，他们给我描述天南海北的

幸福的关键词

风景,绘声绘色地汇报自己的生活。我还会获得满足,从母亲那儿,像我的学生一样,知晓我所不曾知道的东西。比如关于生日,母亲就说:"你生下来那天,离八月十五还有将近一个月。"我就问:"具体哪一天?"母亲摇摇头,说:"不知道,又没有日历,但那天逢集。"

我知道黄圩集是农历一、四、六、九,马上排除了剩下的日子。母亲想了想又说:"那天生产队正在锄地。"

我摇摇头,锄地与农历没有关系。母亲恍然大悟似的说:"我想起来了,七月十五给你外婆烧过纸,才隔两三天就生下你。"

我在日历上重重地写下了"七月十九"。我是幸运的,母亲记住了许多细节,至关重要的细节,才让我知道了我的生日。

母亲说,她要是识字就好了,找一张当天的报纸看看就记住了。但母亲用不着识字,就记下了我许许多多的往事。

她说我两岁时被一头羊撞倒在地,她抱着我跑到医院。她说那天下着小雨,晚上我们还睡在防震棚里。

她说我三岁时生病,她就用背带背着我到一个老中医那儿看病,和我父亲轮流背,她能清楚地数出沿途40里路的村庄和河流、桥梁。她说,因为她不止一次地去。

她说我四岁半时被一块砖头砸伤,在眼角处缝了三针,吃了一根油条就不哭了。她清楚地记着那根油条是冰凉的,因为当天不逢集,那是从摊主家里找出来的唯一一根油条。

有时,在暖暖的阳光下,母亲还能记住一些时间,比如我的头一次抽签。那是在生产队分队时,我抽到了两棵树。母亲说那年你上学,七岁,那两棵树砍了,太细,作锄柄正合适。还有1980年,小妹过满月时,村里正好放电影《喜盈门》。母亲很得意地记住了1980年,仿佛是一次胜利,历经千辛万苦的胜利,当然充满喜悦。

母亲还会说起许多往事,弟弟的、妹妹的,那些和我们这个小家庭有关的大大小小的事件。小到我第一次拿奖状,她正背着一筐草从田里归来,在屋后面的塘边,她拿起奖状看了一遍又一遍。说到这里,她有些不好意思:"拿倒了,还是你告诉我的。"

我看着母亲,她还在絮絮叨叨。我突然想,母亲的每一次回忆是否是一种留恋呢?留恋多年来儿女绕膝欢如燕雀的日子。而我做的,只是两三个星期回来一次,听着她讲述这些往事,让岁月在往事中沉淀,在沉淀中悄悄升腾。

于是,我开始更多次地回家,带着女儿。江月喜欢缠着奶奶,问我小时候的事、我的一些笑话、一些错误,然后来质问我。女儿一遍又一遍讲述着我小时候吃药的情形,如何将口疮药吹到母亲的嘴里,复述着我在羊群中爬行的样子。憨笑、大笑之后,又问我她有没有这样的经历。我和妻都笑了,有,肯定有,有许多次。

当然,女儿就继续缠着我们讲她小时候的事。我只好慢慢地讲,往事一件件从记忆中飘出来,清清楚楚的,一点儿都不模糊。

讲着讲着,女儿笑了,甜甜地笑,笑她小时候的趣事和可爱的错误。像许多打来电话的学生一样,叫嚷着不要我复述他们当年的错误,却又心甘情愿地听下去。

因为,我是他们记忆的守望者。将一天一天的日子装进一个坛子,再将一件件往事放进去,闭上眼睛,听一些欢笑和泪水在里面发酵,再睁开眼睛,嗅着清新的气息和淡淡的味道。我没有添加任何的佐料,生活,拒绝粉饰,往事,远离喧嚣。

这个坛子,叫作心灵。母亲有一个,我有一个,女儿,还有我的学生,他们每个人都有一个。记住一些往事,装进去,慢慢地,心灵便充满了温馨和感动。

还有成长的痕迹。

幸福的关键词

 微笑，是一条河流

一

去史京京家家访时，正值暑假，那是2007年8月的一天。

我们先通了电话。电话是京京邻居家的，一个年纪很大的妇人说，京京在家看书呢。

约莫10分钟的样子，我们到了大史庄。村庄静静的，没有鸡鸣驴嘶的声音。京京正站在门口，笑吟吟地等着我们。

三间堂屋，里面很挤。一张桌子冲着门，上面有已经翻开的英语书。屋里有一些霉气，应该是大水浸渍之后留下的气息。

京京没有给我们倒茶——小孩子没有喝茶的习惯。我问她："父母呢？"

"都出去了，还没回来。"京京两手搓在一起，有些惊喜，有些腼腆，惊喜于两位老师的到来，腼腆着不好意思。

"那你怎么吃饭？"同行的于老师说。

"自己和面，自己蒸饼，自己炒菜，"邻居大娘抱着一个幼小的孩子代答，"还帮我和面，带小孩，可好了。"

京京还是倾斜着身子，两手放在一起，笑眯眯的。

大娘说她没见过这样的孩子，天天按时学习，晚上9点钟才到她家跟着她睡，帮她带孩子，看一会儿电视。

"每天晚上9点钟？长长的白天，都在学习？"我望着京京问道。她点了点头。

从早晨到晚上，自己做饭吃，一个人学习，一个人克制着

对父母的思念，拒绝电视节目的诱惑，远离游戏的吸引，这是初二学生京京的暑假生活。

我们走了。这样的孩子，用不着人担心她作业做不完。临走时，我对她说，你写的作文在《皖北晨刊》上发表了。

她依然笑吟吟的，半弯着身子，说，谢谢老师。

我们摆摆手，跨上了摩托车。转脸，挥手，看见阳光满地，一个14岁的女孩面带微笑，目送着她的老师们渐渐远去。

二

妻和我都是教师，利用五一假期到上海看眼病。那是2002年5月3日，我们在上海动物园门前等公交车。

公交车来了，人特别多，从前门挤不上去，司机示意我们从后门上。我，妻子，三岁的孩子，弟媳妇和她的孩子，表弟媳妇，一行六人，费尽九牛二虎之力才挤上去。

孩子被挤得大哭，她没见过这阵势。我上身向后退了小半步，让空间扩大一点儿，示意妻子靠过来。妻子努力地挪动着，但脚动弹不得。她碰到了后面的一个女孩。

女孩的母亲猛搡了她一把，喊道："挤什么挤，乡下人！"

妻没吱声。我说："对不起，请让一让，别挤着孩子。"

妇人瞪了我一眼，又说："有孩子了不起？你们挤着我孩子了！"那个女孩拽了她一下，说："别说了，妈。"

妇人一副得理不饶人的样子，喋喋不休地讲着，内容很快扩大到乡下人的不礼貌。

弟媳妇不愿意了，和她争吵起来，还有表弟媳妇，帮着说，城里人有什么了不起。

一车的城里人和乡下人都饶有兴趣地听着。

幸福的关键词

那个女孩，使劲拽着她妈妈，请她不要再说。

她好像哭了："不要吵好不好？"

她的母亲便不再说话。

我制止了我的两个亲戚，妻子哄着大哭的孩子。我向那个女孩点了点头，表示谢意，她的眼光，清清纯纯，没有一点儿杂质。

车子停了，又开了，开了，又停了。人群松了，又紧了，紧了，又松了，但我们和那对母女都还在面对面地站着，没有人说话。

终于，车又停了，母女要下去了。我往后趔了趔，腾出一点儿地方。女孩走过我身边时，笑了一下，说，叔叔再见。

在阳光下，在拥挤的车里，在沉闷的充满热气、汗味和香水的车厢里，她的笑跳动了一下，轻轻地，咯疼了一个异乡人的目光。那是一种未经污染的笑意，在一个孩子的心田悄悄绽放，只为善良，盈满纯洁。

我也笑了一下，在中国最大的城市里，对着一个不知名的女孩，和她的母亲。

我相信，我的笑很真实。

三

最初是在齐读课文时，他努力着，眉毛上扬，头向后昂着，又回来，再昂回去，很滑稽的样子。

身边的人大笑，我也差点笑出来。

我又提他起来读课文。他犹豫着，晃晃头。

我说没事。他又挠挠头，挤眉弄眼。

他终于读了，声音怪怪的，有些嘶哑，又有些低沉。他的头还是向后拗着，又伸出来，眉毛依旧一抖一抖的，像小品演员。

很多人都笑了，以为他在搞恶作剧。

我也是，皱了皱眉，叫他认真读。他的眉毛又抖动了两下，挠着头说，我已经很认真了。

空气一下子凝固了。很少遇到这样调皮的学生，但我还是让他坐下了。他只是一个孩子，我对自己说。

下课时，我叫他到办公室来。他准备好了一张纸条，给我。

看过之后，我没有说话，只是摸摸他的头，说，老师相信你，读得很好。

第二天，我又提他读课文。他依旧上扬着眉毛，依旧向后拗着头，很努力又很搞笑的样子。

但班里没有人笑，同学们都认真地听着，一直到读完，响起了掌声。他不好意思地笑了，露出整排牙齿，眼睛缝在一起。

同学们都知道了，他有多动症和抽动症。其实他不愿来初中念书，他怕读书，怕大家会看不起他。

可是他现在读了，读得很认真。于是，我每节课都提他，看他努力的样子，看他读完之后开心地笑。

他很高兴，总是举手。也有说错的时候，我问大家怎么办，同学们异口同声地说，老师要一视同仁。

他眯缝着眼，眯成了一线天，脸上的肌肉夸张地组合着，伸起一只手挡着，挡着我轻轻落下去的教科书。

然后，他摇动着头，微笑着，向身边的人飞一个快乐的眼神。

我们就成了好朋友。我发现了他的许多优点，比如学校举行广播操比赛时，他不愿站在最前排，怕影响班级分数；比如考试时他不要坐第一排，怕老师说他东张西望；他还在寝室里帮助别人洗衣服，尽管人家又重洗了一次，但他不在乎。他挠着头，夸大表情，扯出一个努力的微笑。

微笑是一种语言，因为他在，语文课上流动着欢快和喜悦。每一个人从他身上读出了自信，读出了尊重，读出了尊严。

他的微笑，执着而夸张。但我知道，他的内心非常真实，

第三辑 最勇敢的孩子

幸福的关键词

没有一丝虚构和粉饰。

他叫赵云锦,一个笑起来仿佛世界都对他微笑的学生。

所以,我也经常微笑,仿佛整个世界也对我微笑起来。

生活中有很多种表情,痛苦、哀叹、欢乐或者狂喜、犹豫抑或苦闷。但我始终记住了这三个孩子的微笑。他们坚强、善良,自信,让阳光走进心灵,让青春战胜怯懦和自私。他们笑了,希望就有了。希望有了,未来就有了。像是必然,我想起很久以前写下的诗句:昨天,你经过一条河,悄悄将微笑留下/今天我跨过这条河,看到微笑变成花朵/我停下来,看到开满鲜花的河流,缓缓前行/我相信,明天,所有的河流都落英缤纷,将忧伤带走。

所以,我又一次微笑,对着这些文字,和文字里可以触摸的灵魂。

芹 菜

芹菜生下来就会笑,笑得甜甜的。

芹菜不笑的时候安安静静的,坐着,站着,打猪草,偎在大人怀里晒太阳。芹菜父亲就咧着嘴笑,这丫头,生下来就懂事。

芹菜上学时也懂事,每天按时上学,准时放学。和我同路时很少说话,我便经常引她说:"怎么叫芹菜?"

"我爹喜欢吃。"

"芹菜不好看。"几个男孩起哄。

芹菜不理我们,她一边走着,一边背课文。

父亲总是说我:"你看人家芹菜,一点儿也不用大人操心,你也学着点儿，多看书。"

二贵、木耳他们也被家长训斥。于是，看到芹菜，我们就不理她。芹菜却理我们，她提醒着该背课文了，试卷该交了，老师布置的字词得会背了。芹菜还教我们听老师的话，不然就考不上大学。

"你想考大学？"我问芹菜。她好像比我高一些，亭亭玉立的样子。我们村可是一个人也没上过大学，特别是女生，连初中都上不完。

芹菜掏出英语课本，径直走了。我看了看二贵，二贵也摇摇头，觉得不可思议。

不可思议的是上了初中芹菜的成绩居然也很好，比我们都好，期中考试还得了张奖状。芹菜的父亲蹲在小店门口磕着袋里的烟火，说："女孩子，成绩再好也没用。"但我认为他的话是假的，因为他说完话笑眯眯的，一副得意的样子，而且二贵还说他买了肉给芹菜吃。我跑去问芹菜，她承认了，她说爹鼓励她考上中专，端铁饭碗。

老师也说她能端铁饭碗，成绩稳稳的。他们没事时都喜欢给她补补课，让她做些题目。芹菜还是笑笑的，静静的，夹着书在校园里来来去去。

回到家，有时间她还帮着干农活，到田野里挖猪草，准备收麦子，仿佛中考还很遥远。我却不然，什么事都不问，在屋里头看书，连母亲喊我去接电线，好让场上亮起来，我都说作业多，推掉了。

问题就出在这儿。我们村刚通电，芹菜家也接电线好让麦场亮起来。正在洗头的芹菜带着一手水跑出来，拿起插头。

触电了。

多少年来我都不愿回忆这个场面。我只知道我拿着芹菜做好的试卷呆呆地站在场上，看着熟悉的人们来来去去，将悲痛进行到底。

幸福的关键词

后来我考上师范，去师范的路上没有了芹菜。回家的时候，芹菜的父亲经常等着和我聊天，他总是说："要是芹菜不拿插头，该和你一样了。"他每说一次，我就会想起祥林嫂。那时我才知道，祥林嫂式的痛苦是将心情释放后的最淳厚的情感，永远不可能消融。所以，我从不厌烦，耐心地听他一件件讲述芹菜的往事，尽管每一件我都很熟悉，熟悉其中的每一个字，熟悉他说每一句话时的语气。

我回老家的时候不多，但只要一回去，他都在等着我，和我聊天，聊芹菜。

他的语气后来淡了很多，小儿子长大了，他抱了孙子。见面时他开始喜欢说他的孙子，说他的身体——高血压，总是头晕。我告诉他，芹菜可以治高血压，水煎服，很有效。

再回家时，他家门口已经种上了一小片芹菜，密密的，立在风中，很整齐。我问："结果怎么样？"他正在宅子上，说："真奇怪，还没喝，看着芹菜就不晕了。"

我看到一排排芹菜，亭亭玉立的，静静的，一点儿声音也没有。

最勇敢的孩子

这是一堂口语训练课，主题是，说说谁最勇敢。

按照惯例，每个学习小组推荐一名同学发言。孩子们都很积极，争先恐后地举手。个子高高的赵锋说，我上学路上根本不用带棍，就可以吓退扑上来的狗。他的发言博得了一片掌声，大家都知道狗叫起来很凶。留着平头的田涛说，有一次放晚自习很长时间了，我一个人回家换衣服。当然又是掌声，农村的孩子都清楚夜路的安静，加上一些神秘的传说，需要有些胆量才能行走。

掌声在继续。巩贺说到爬个20米高的树上摸鸟蛋，李三元说他在新汴河凫了一个来回，接着又打了一大筐猪草。的确，他们是一群勇敢的少年。

只剩下最后一组，却没人站起来。再三的掌声催促中，魏路路站起来，怯生生地说，老师，我不勇敢。

大家的手更热情地拍着，我也拍着他的肩膀说，说出来就是勇敢。

我不敢爬高树，也不会凫水，我夜里不敢走黑路，他嗫嚅着。

"没关系，你是没去做过还是做不来？"我想找出原因给他一些鼓励。

"没做过，父母都出去打工了，我不能让他们担心。"他很坚定地说。

"那星期天你一个人在家烧饭，洗衣服吗？一个人看电视，做作业吗？"

他点了点头，说："不过没有电视。哥哥上大学，家里值钱的东西都卖了。"

在我眼前浮现出他独自坐在院子里看书、看星星、夜里小心翼翼插上门望着房顶盼着上学的身影，心湖微澜悄起，12岁的孩子，就这样过着原本应该快乐的周末、假日。

班里没有响起掌声。大家都知道，能够抵住寂寞战胜孤独，阻止思念奔涌的孩子当然是最勇敢的。

第三辑 最勇敢的孩子

幸福的关键词

 梦想和大地一样肥沃宽广

——一位农村中学老师给他学生的忠告

不要抱怨父母抛下你们外出，他们的思念与牵挂会因距离的拉长而加倍，背井离乡只因为一个理由：他们需要更实际的东西，比如人民币，来支撑你们的学业，呵护希望。

星期天不要泡电视，不要让冗长的电视剧和无聊的打情骂俏庸俗了你纯真的目光。推开大门，自然就在眼前，美丽而生动的景色其实是最好的风景片。

不要沉溺网络。在网络上聊天、打游戏，绝不可能给你带来好运，千万别相信开发智力、广交天下朋友之类的宣传，虚拟世界离我们太遥远，现实才是最平稳的行船。

不要学韩寒，幻想自己可以一举成名、独闯天下。你们一没有读过那么多的书，二没有出版商包装你，你们能做的只是踏踏实实读书，勤勤恳恳做人。

不要梦想成为超女，因为响亮的歌喉、专业的资质、庞大的人际关系缺一不可，当然必须有巨大的资金投入。摇曳的灯光毕竟短暂，黑暗中的酝酿更需要毅力，所以从平凡做起，才容易超越平凡。

不要过早地品尝爱情，学着写纸条，送礼物。生命不需要拔苗助长，虽然早熟是一种时尚，但时尚也成了现代人奢望传统的理由，就像早熟的麦子虽然提前收割，但产量低而且易折倒一样。

不要以为肯德基、麦当劳就是城市生活的代名词，城里的

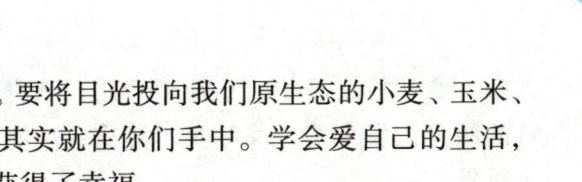

孩子功课比你们还多。要将目光投向我们原生态的小麦、玉米、大豆，最营养的东西其实就在你们手中。学会爱自己的生活，从节约开始，你们就获得了幸福。

要学会尊重父母，他们是世界上最勤劳的人，在黄土地，在工地，在城市的大街小巷用劳动换取你们的未来。出身高低根本不是鸿沟，中国有70%的人是农民，还有许多人的上一辈也是农民，追溯上三代都是农民。农民是共和国的脊梁，父母是家庭的脊梁。尊重父母，人生就有了道德第一道防线。

要相信老师所说的话，顶撞不是自立，更不是有个性的依据。学习上可以质疑，教育上一定要相信老师苦口婆心的劝说、三番五次的教育。除了亲人只有老师还相信你可以改正错误。青春不是冲动，尊重才是礼貌。

要相信学习，热爱学习。到目前为止，学习依然是你们追求进步、改变处境的最好出路。不要拿比尔·盖茨当榜样去逃课、打游戏机，他只不过换了学习地点和学习方式。学习是一种品质，验证着人前进的能力。

要学会劳动，劳动也是人生。与其将来到社会上打拼后才知人生甘苦，不如从今天开始坚持劳动，让劳动成为习惯，让劳动成为品质，让人生增添最亮的底色。

要学会读书，读好书。当父母不在身边的寂寞、繁重的作业负荷一齐袭来时，选择读书不仅意味着放松，更是一件幸事：读一本好书，就是打开一扇窗，窗外阳光灿烂，景色丰富多彩。学会读书，让你一生受用。

要学会亲近生活，与亲人为伴，与同学为友，走进田野与花鸟虫草为邻。劳动、游戏都可以让远离父母的你分享人生的乐趣。当然也要学会思念，思念那遥远的背景和亲切的关怀，感恩的种子就在你心中萌发。

要学会欣赏。你们拥有城里人追求的精神家园：小桥、流水、

幸福的关键词

人家。要从村庄开始，从池塘开始，从身边的点滴入手，用欣赏的眼光去发现美，品味美，尊重美。欣赏风景的你，本身也是风景。

要学会踏实做事。辍学打工虽然可以赚到第一桶金，但缺少了读书求学的历练和校园生活的熏陶，你的青春风景会大打折扣，人生又会走回老路。相信自己的努力，不懈地打拼，一定可以换取明天的亮丽。

要有梦想。蒲公英的种子可以随风飘到天涯海角，梦想的种子也可以在世界上任何一个地方萌发。心有多大，舞台就有多大。拥有梦想，就拿到了通向未来的第一把钥匙。

要学会与他人相处。成功来源于40%的知识储备，60%的人际协调能力，要善待他人，尊重别人，把自己当成一棵小草，为自然增添绿色，也要当成一棵树，为他人遮风挡雨。让纯真的本色与环境相和谐，一定能形成最自然的风景。

亲爱的孩子们，不要说老师喋喋不休，我只是不想看到花季变了颜色，青春失去了纯真。你们是幸运的：拥有最广阔的视野——天空，大地，田野，河流，山川；拥有与生俱来的纯真、质朴的性格；拥有最容易成功的梦想——从最低点开始；拥有最坚实的靠背——像大地一样宽阔的农民父母永远都是你们的支持者。

幸运是一种开始，用努力的汗水代步，让梦想自信地飞翔，成功就即将来临。相信自己，我们是农民的后代，梦想会像土地一样坚实，肥沃而且没有尽头。

第 四 辑 **飘扬的床单**

幸福的关键词

从空而降的礼物

那天是星期六,我记得清清楚楚。

星期六学校的食堂没有饭。我们在街上吃小笼包子,一人20个。巩民生说,多吃才有劲,有劲才能抢到。他的话博得大家一致赞同,之后,我们开始风卷残云。我在连续打了三个饱嗝之后,发现大街上已经挤满了人。

他们也发现了,推开还冒着热气的竹笼,往街上跑。从电影院到百货大楼,密密麻麻都是人,有老人、孩子,一身西服的年轻人,还有穿着灰色棉袄的高中生。赵三祥说,好多都是我们一中的学生,你看,班主任也在。顺着人群流动的缝隙,我看到在课本上慷慨激昂的老班挽着女儿向前挤着。我们往旁边挤了挤,想起班主任告诉我们,星期天不要乱跑,要在学校好好看书,高二了,离高考不远了。许辉捅捅我,问,他也去抢吗?我瞪了他一眼,回答说,怎么能叫抢,我们是去等、去接,去捧这属于我们的礼物。

其实我心里也知道他是对的。泗州商场开业,要请飞机往下撒礼物。飞机,低空飞行,撒礼物,在1991年,对于我们这样的小城,对于十几岁的孩子来说,兴奋度无异于参加一场顶尖的音乐盛会或者大型比赛。我们早就约好了这个星期天谁也不准回家,好好抢一把,没准能抢到一大把人民币。李文胜神秘地说,他听他爸爸说,他爸爸又听朋友说,飞机将撒下50个红包,每个红包十块钱。

我不敢肯定他们是否为此做了详细的消费计划,计划买上一张电影票外加三包瓜子吃上一碗拉面。反正我是考虑好了,就这么干:先吃拉面,再看电影,剩下的钱坐车回家,不骑自行车了。所以我使劲紧了紧裤腰带,防止跳起来时松开。巩民生笑了笑,他退到电影院门前仔细地紧鞋带,看样子万事俱备,只欠东风了。

东风一直没来。我们在104国道上像小鱼一样艰难地挤来挤去,城内的国道上已经水泄不通了,头顶着孩子的父母,楼顶上的小伙子,还有街两旁台子上伸手欢呼者,都在用一种狂热的心态迎接这次专为泗县人举办的飞行表演。大家都在谈论着,猜测着,想象着扔下来的会是什么。我们不问,只是像泥鳅一样窜来窜去。平时没有机会在国道上任意行走,今天,让车辆见鬼去吧!人,才是道路的主宰。许辉在前面踮着脚尖大声招呼着,快,在商场门口,我刚才听说了。消息比拥挤的人群更容易被加热,当我们起劲地喊着"借光",到商场门前等红包时,人群如潮水向北面涌了过来。商场门口的彩旗荡然无存了,只有一个高高的台子,宛如可怜的孤岛在喧嚣中摇摇晃晃。一个胖胖的中年人拿着喇叭,向西挥着手:"9点,9点!在环城路,有大红包!"

环城路?我想拍拍脑袋,庆祝自己知道了这件好事,但胳膊抬不起来,只能装模作样地摸摸。他们也知道了,于是向我靠拢,从商场南边的巷子里迅速向西窜去。

我们不是先行者。环城路上站满了人,在柳树下、栅栏边,而且都是年轻人,他们向西南方向翘首期盼着。西南是蚌埠,有许多内行的人说是从蚌埠机场请的飞机,也有人说不是要扔人民币,那个计划取消了,上级不准许扔钱。巩民生和我对视了一下,我们笑了。不是钱也行,只要是礼物就好——飞机上撒下来的肯定不会差。

突然,人群里没有了声音,一点儿响动也没有。"来了!来了!"许多人突然叫了起来。接着,我听到有轰轰的声音,是飞机的声音。大家迅速抬头,向天空望去,但西南方向没有

幸福的关键词

飞机,湛蓝的天空没有一丝异物,包括鸟儿。"在那边!对,在那边!"整个人群像是磁力场中的铁钉,在吸铁石的带动下,在同一时刻向东南方向涌动。一架小小的飞机在天空飞翔。"噢!"许多人欢呼起来,招手,蹦起来招手,手扶在前面的人的背上招手。虽然是冬天,但我们从心里到身上都是暖融融的,甚至温暖如春,兴奋涨满了每一个汗毛孔,仿佛马上就可以磅礴而出。

飞机径直飞走了,空中没有留下一丝痕迹。所有的人又把目光投向西南方向,投向药厂、医院上空的蓝天,那里应该有一个装满礼物的飞机正快速驶来。许辉扯了扯我的衣袖,说:"我们得分开行动,抢得的机会多。"我点了点头。八个人,分成两组,按小组行动。于是,我、许辉、巩民生、蒋二贵四人一组,李文胜、赵三祥他们四人一组。我们身后是人民旅社,是孟仁寿大药房,楼层比较高,估计飞机不会来。大家商定向前挤,两个人一排,直接拨开肩膀,横冲直撞。有人训斥:"乱挤什么?"我回答:"不等了,回家。"于是,前进的脚步又艰难移动了一段距离。向前望,还是人头攒动,像一片黑色的流动的波涛,汹涌不定。

当我们站好位置时,飞机也低低地,从我们头顶呼啸而过。我们还没来得及欢呼,没来得及跳起迎接,它就不见踪影了。眼尖的许辉说:"丢了,丢了!"我也看到了,十几个小降落伞一样的东西歪歪倒倒在空中舞蹈着。可是所有的人都看出来了,它们只能落在河里,位置不对!

波涛沸腾了!兴奋、刺激、喜悦一齐涌出,所有的人同时跳起,举起双手,尖叫着,埋怨着,催促着,渴望飞机再次掠过。

西南方!还是西南方向!那架飞机又一次低低地飞过,仿佛就在楼上,就在最高的人的头顶,怪叫着飞来。我声嘶力竭地高叫着:"扔啊!"许多人都喊着:"扔啊,快点儿扔!"

按照计划，一旦看准礼物，我们四人将以坦克阵式推进，由三人防御，一人跳起凌空抢夺。果然，更多的小降落伞式的礼物在空中高高低低地舞动着，划出一条线，不，一条弧线！鼓鼓的、用布包着的礼物，从西南向东北，划出一条美丽的彩虹。"冲啊！"巩民生推我。我说，二贵，快判断方向，你物理学得最好。蒋二贵迟疑了一下，马上坚定地说："就是我们这儿，肯定是这儿。"容不得多想，我们四人按计划扩充了领土，向外推搡着，个子最高的二贵站在了中间。

礼物包继续歪歪倒倒地往下掉，仍然有许多掉在了护城河里，但还有许多掉在了人群中。地上一下子引起一片"高楼"——他们都跳起来了。二贵也跳起来，他说你们顶住，这个肯定落到我们的地盘上。

二贵飞快地跳起来，去抓那个即将落下的礼包。还差一本书的距离，他的身子歪了，我们迅速将阵地前移，将他又顶起来。另外一个高大的年轻人被我们挤了个趔趄手无可奈何地落下。包，在二贵手中。

许多人围过来说，快看是什么！他们的眼神里充满了好奇和嫉妒。许辉低声说，快走。我们四个人又一次像泥鳅一样滑出了人群，沿着人民旅社、大药房、百货大楼，蹦着，跳着，向学校进军。

学校里没有人，他们都上街去了。我们兴奋着，在校园里历史最久的槐树下打开那个包。那是一个包得紧紧的纸盒子，纸盒子里是一块崭新的手表，银白色的链子，白亮亮的盖，清清楚楚的时针、分针、秒针。我拿起来往手上套，被二贵打了一下。我笑着，将手表放回盒子，用布包好。

他们也回来了，没有收获，个个垂头丧气。许辉将手表递过去，说："罗安，我们抢到了。"罗安小心翼翼地将布包打开，仔细地看银白色的链，白亮亮的盖，清清楚楚的时针、分

幸福的关键词

针、秒针,然后又盖好,包好,递给许辉。他说:"给你们吧,你们抢到的。"

许辉生气了,我也生气了,所有的人都生气了。"说好抢到给你的,你不是请过一人一根冰棍了吗?君子一言,驷马难追。"

罗安只好收好礼物,收起从天而降的手表,并和我们每人击了一掌。我们都笑了,罗安终于有礼物送给他姐姐了。姐姐快结婚了,姐姐为了让罗安上学才离开校园,罗安说,一定要送她一个特别的礼物。姐姐经常来,带许多好吃的给罗安,也给我们。我们都喊她姐姐,姐姐经常语重心长地说,好好上学,考一所好大学。

"姐姐一定会高兴,"我们拍着罗安的肩膀说。从蓝天而来,与白云相伴,分分秒秒都不会忘记,这样的礼物,姐姐能不高兴吗?罗安笑了,笑了的罗安豪气地挥挥手,说:"中午我请大家吃面。"大家笑着跑开了。谁要去吃,挤了半天都累坏了!

那一年,我们17岁,姐姐19岁。

罗安说,谢谢你们,姐姐看到手表哭了。我们笑了,我说,那么珍贵的礼物,姐姐怎么会哭呢?她在笑啊!大家点头,像啄米的鸡一样,我们青春的头颅一下子点开了成长的大门。大门里,许辉搂着我们的肩膀说,落地为兄弟,何必骨肉亲,老班下午刚说的。大家又一次点头,对着罗安说,就是,落地为兄弟,何必骨肉亲。就在那一刻,我们发现自己真的长大了,而且充满神圣的力量。

阿啊同学

阿啊是我的高中同学,但不姓阿,姓董,也不叫啊,叫壮。

高二时,学校举办歌咏比赛,用来调剂生活的那种。可是没人报名,在团支部书记动员了若干次、小嘴快要挂油瓶时,他挺身而出。班主任要他试唱,他不愿意,说,我要一鸣惊人。我前面的女生陶桃允诺给他三个糖果,他也没有泄露自己的参赛曲目。

在班会上,他只说了一句,要唱就一炮打响,谁说我们重点班五音不全。班里掌声如潮。

我们是抱了很大的期待去听歌的:以往歌唱比赛,我们这个重点班全部秃头,今天,终于要呐喊了。班长偷偷买了十个哨子,准备在结束时,突然吹响,造成轰动效应,让评委大吃一惊。

董壮上场了,不弯腰,不鞠躬,只是用手捋了捋头发。"我参赛的歌曲是由我自己填词、自己谱曲的,希望大家喜欢。"他张开双臂,做了个放飞的姿势。十个哨子突然齐声响起,很尖利也很响亮。我们一下子难以置信,好家伙,自己填词自己作曲,太不可思议了。男生站起来,狂喊"董壮加油"。女生拼命拍着小手,表达对董壮的景仰。

董壮开始唱了,真是自己填的词:我的班级,我的青春。班长小声说,怎么曲子这么熟?我捣他一下,说,别瞎说,人家是原创。可后面的大浩也踢我,问,怎么这么像《十五的月亮》?我没理他,因为我听着也像。会场上有了响声,有人开始喝倒彩。我们坐不住了,赶紧看董壮。董壮正握着拳,全力抒怀,"啊……啊……啊……"声音调到最高后,再也"啊"不上去了。喝倒彩的声音越来越响,董壮坚持又"啊"了一遍,

幸福的关键词

还是没接上去。

董壮中途退场了。他说了一句，很抱歉，由于嗓子不舒服，没发挥好，希望下次可以再有机会为大家带来优美的歌声。

班主任气得笑了，他一边笑一边指着董壮说，你小子还"啊啊的半天，累坏了吧！"董壮坐在板凳上，灿烂地笑着，说，我以为能"啊"上去，哪知没劲儿了。后面的女生开始踢他，说，太丢人了，你羞不羞？董壮抱头逃窜，走时，向班主任告状，我可是为班级做贡献。

从此，男生一致决议，叫他阿啊同学，以纪念我们失败的歌唱比赛。

阿啊经常说，做人要有责任感，那么重大的活动，没人参加多丢人，关键时刻，我不下地狱，谁下地狱。很多同学哄他，让他赶快去贴广告，离开我们班。阿啊就拿出笔来，写声明：因为本人在理（2）班得到众多女生喜爱，以致不断地引起摩擦，所以决定离开生活了三年的班级，前往其他班级，概不负责以前所有的感情纠葛。阿啊把声明贴在教室门上，请班里最漂亮的女生去看，然后冒着被抓的危险护住声明。看到班主任来了，阿啊赶紧撕那张纸，撕成碎片。班主任大度地说："阿……"同学们接着："啊……"班主任说："对，阿啊同学，把作业交过来，我检查。"

阿啊只好交作业，照例是没写完。班主任恨铁不成钢地点点他的脑门，说："自己说，怎么罚？"阿啊向后趔了趔，逃离班主任手掌的范围。"我唱首歌。"同学们跺跺脚，说："不行，回头又'啊'半天上不去。"阿啊瞟了瞟老班不怒自威的面孔，说，我为大家读一首诗吧。掌声响起来了，我们都知道阿啊是诗人，他会写诗，也会读诗，比如徐志摩的《再别康桥》，比如舒婷的《致橡树》，比如阿啊的《我的母亲》。

其实阿啊读得不太标准，因为在1993年的泗县中学读书的我们都不习惯说普通话。但大家都把掌声给了阿啊,因为他的《我的母亲》:母亲,你是一穗麦,粒粒饱满;你是一朵棉,丝丝温柔;母亲,你是一瓢水,口口生津;你是一缕炊烟,永不弥散……他读的时候,我们想到了田野,和田野中荷锄带露的母亲,想到母亲额头上的汗水。所以,阿啊同学总在大家的沉思中说声谢谢,溜回座位。

这样的时候毕竟不多,因为我们大多数时间得从早晨4点半起来看书背单词,然后上课做作业做试卷,在晚上10点钟时,才依依不舍地离开教室。阿啊说他不能再写诗了,马上高考了。我说,你一星期读一次,感染感染我们。阿啊认真地说,不行,上次月考退步了,我得加紧赶。

阿啊和我们一样早起,背书背单词。他背得快,完成任务时就提给我背,提给后排的女生背。我会背时总不忘开玩笑说,阿啊不能太偏心,只喜欢女生。阿啊不生气,他一本正经地说,这是我小妹,不要胡说。小妹并不认账,说,阿啊,你这么小还想占便宜,快叫姐。教室里便响起了"啪啪"的声音,正在闭着眼睛背单词的同学们循声望去,依然是经典的情形:阿啊用手护着头,两个女生毫不留情地实施"空中轰炸"。

努力没有白费,阿啊的成绩赶到了班级前20名,班主任还表扬他,说坚持下去能考取大学。阿啊十分激动,请我和班长吃炒面。炒面油光光的,十分诱人。阿啊劝我们:"使劲吃,我要是真考上了,请你们一人吃五碗。"晚上的大街很静,阿啊兴奋地说,兄弟三个,妈最疼我,说我有出息。

可是阿啊毁了。高考成绩揭晓,我们班54人,37人达到建档线,阿啊差了80多分。怎么可能?阿啊在我们班排前20名,应该能考上的。班主任铁青着脸说,你们去问他,装什么诗人!我们就去问阿啊,骑自行车从县城出发,翻过一座山,找了很多人问路,天黑时才到一个偏僻的村庄。阿啊家是三间普通的

幸福的关键词

房子，阿啊在屋里不出来，他母亲年龄很大，一副沧桑的样子。她叫我们去劝，说阿啊躲在屋里不肯出来。

班长用肘抵我，叫我说。我没说，拿出一张纸条，给他，纸条上是班主任写的：从哪儿跌倒，从哪儿爬起来。阿啊哭了，阿啊说，我不该信那个丫头的话。那个丫头是阿啊高考时坐在前面的同学，要和阿啊合作考物理，一个做前面的选择题，一个做后面的大题。阿啊认真地履行了协议，并且把纸递给她，结果被逮到了。我叹了一口气，说，考场无情，怎么能轻信他人？阿啊哭得更厉害，说，我看她长得清纯，不像坏人。

阿啊没有随我们回去。高四班已经开学一星期，原来理（2）落榜的兄弟姐妹坐在理复（1）的教室，发现只少阿啊一个人。班主任发话：找他，必须回来。数学老师也说，这小子成绩其实不错，复习一年能上本科。

阿啊没来。很长时间后一个秋叶飘零的上午，他来了，骑着自行车，带着一个长筐，里面装满了萝卜、白菜。阿啊请我们吃萝卜，说是贩的，便宜，随便吃。班主任远远地看着，铁青着脸走了。后来阿啊就不来学校了，但还来县城。在菜市场我遇到他时，他正在装芹菜。他对我说他怕见到班主任，没脸。他搞了我一拳，又说，好好学习，天天向上。我突然想起来，问，你还写诗吗？他怔了一下，把一捆沾满水珠的芹菜横在胸前。"没时间写，只是看。"

他不再说话，装好车推过去，慢慢地蹬走了。

后来我就没有再遇到阿啊。高四的生活太紧张，我们忽略了阿啊。可是阿啊怎么也忽略了我们？

这一忽略就是15年。高中同学一个个活得匆匆忙忙，能学习的大唐跑到美国和世界公民共事，爱做学问的班长在某个研究所摆弄着仪器，爱炫耀口才的林淼果然在一家公司滔滔不绝招揽订单，只剩下我们四五个人在家乡坚守三尺讲台。婚姻，家庭，工作，职称，一直锁住日子的每一个细节，联络已经很少。只有当有同学从外地回来、大家团聚一桌时，回忆起高中生活，才会偶尔想起阿啊。"阿啊现在在干什么？结婚了吗？"班长认认真真地问。我摇头，宏志歉意地摇头，我说，"没有联系了。"班主任叹了一口气，说："可惜了这小子。"

可是阿啊竟然联系我们了。他骑着一辆摩托车到学校里来，说要请我吃饭。我看着他，很长时间。我说你小子蒸发了，还是发了财不理大家了？阿啊皮肤不白了，黑，健康的黑。阿啊说，走，请你吃饭。我说你开什么玩笑，该我请你。阿啊拽了我一把，说，别磨蹭，上车，今天我请你和班主任。

阿啊请班主任是为孩子上学的事，两个孩子一个上高一，一个上初一。我说不对啊，1993年毕业，结婚，再生，孩子怎么就上高一了？阿啊平静地喝酒，说，是我侄子。阿啊点燃了一支烟，继续说："那年我正准备复习，二哥出了车祸，走了，"阿啊笑了笑，说，"侄子刚两岁，二嫂不愿改嫁，要带他过日子……"阿啊给班主任敬酒，说，"后来在舅舅的劝说下，我就娶了二嫂，"阿啊又和我喝酒，说，"我不后悔，侄子学习好，嫂子对我也好，"阿啊趴在我身边说，"我那老二，学习也行。"

阿啊那天喝得不多，他说得去办事。他在县城租了房子让两个孩子上学，还准备做些小生意。阿啊让班主任喝，请他原谅自己，那年没听话去复习。班主任什么也没说，喝酒，点燃一支烟，看烟雾轻轻飘散。

阿啊结过账就走了。他走时和我握手，说，好好写东西，我看过你不少文章。我有些诧异，问，你还写诗吗？他笑笑，说，早不写了，有时看。他和班主任握手，和宏志握手，然后走了。

班主任打了一个饱嗝，说，这小子，天生一个诗人。

我想老班的话是对的。阿啊写了最好的一首诗，比我那些风花雪月都厚重、都朴实。

飞落的诗稿

韩昌洋是我的小学同学，他天资聪明。

初三时，我成绩平平，考取了高中。他是有实力考取师范的，结果也没有，因为他不可救药地迷上了诗歌，而且还在上学、放学路上大声朗诵，让我们无心欣赏两旁的庄稼。

他说，诗多好啊，想怎么喊就怎么喊，想怎么说就怎么说。1989年的乡村，我们习惯于按照老师的教导写作文的结尾，照例是写最高昂的口号。韩昌洋不，他总用一句诗结尾，比如《我的老师》这篇文章，他深情地写上："像一座桥，弓着腰，努力，将我们弹射出去。"校长看了，不知为什么，叹息一声。

校长的叹息是一种征兆。成绩优秀的他和学业平平的我考上同一所高中，让很多老师顿足长吁。韩昌洋很高兴，说，念高中可以考上大学，读中文系写诗歌。于是，我很崇拜他。

结果是他像一条鱼终于游进了大海，办文学社、出诗刊、留长发，他在高中像诗人一般地行走。我是无意中说出去的，他父亲听了，脸色铁青地将他领回了家。我父亲说，写什么诗歌，胡闹！

我悄悄地看他。他说，没办法，家里叫他考师范。"那诗呢？""照样写，"他拍着我的肩膀，一脸坚决地说，"诗是我的生命。"

我承认，我的文学火花就是在那一刻被点燃的。只不过我很笨，只能忙着赶功课。他是轻松的，复读半年考取师范后，把所有的时间都给了诗歌。

"我的诗发表了。"他告诉我。那时我已上了大学，他分回了村小。"我的诗选进书中去了。"他打电话给我说。那时他已经结婚，添了一个儿子。但他不提儿子，只说诗，说见到了某某诗人，说准备去流浪。

我想他是美丽的，在古老的村庄用诗句擦亮孩子的眼睛，用行列排列故乡的元素，他该是富有的。父亲却一边卷烟一边说："疯了，疯了！一天到晚不问柴米油盐净瞎划。"

我去的那天阳光灿烂，我也是灿烂的。我的散文发表了五六十篇，报纸上出了专版，我们该是乡村共同的风景。他慌忙着，扯起几根棉柴往腿上一折，塞进灶里，脸烤得红亮。他的爱人在絮叨，说工资有三个月没发了，又得买化肥、种子、农药，还要交提留。人家的男人都出去打工挣些钱，就他死守在学校里，还写些不中用的玩意儿。

絮叨将阳光扯进屋里，又将日子拉得漫长。韩昌洋望着我苦笑："河南有一个笔会请我参加，据说有北京的编辑，我很想去，全市就两个人受到邀请。"他的妻子更加絮叨起来："去，去！一天到晚写啊划啊，评不上先进，赚不来钞票，连农活都不愿干。"说着说着，她激动起来，"去一趟得八九百块，三个月的工资，我叫你写！"她跑进屋里抱出一叠纸还有笔记本，向灶门奔去。

我赶紧去扯。韩昌洋伸开双臂挡住去路，她又奔向门外，将诗稿远远地扔出去。韩昌洋堵住门，脸变了形，媳妇自知理亏，嘴里嘟哝着向邻家走去。

阳光暖和，有些安逸的味道。我和韩昌洋蹲在地上，一页一页捡着诗稿，那上面有隽秀的字、深刻的语言。风不大，有些句子被吹起，牛槽、柴垛都飘落了一些句子，这时，有几只公鸡兴奋地追来追去。

我说，也不要生气，人得现实。他停下来，说："其实她也不错，每次只是扔出来，不撕也不踩。今天是看到有客来。"几个小学生兴奋地跑来，捡起一张读着。

我想象着以前，韩昌洋在门前追着诗稿的情景：每一个字，

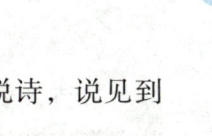

第四辑 飘扬的床单

幸福的关键词

每一节诗，要么在天空中飞舞，要么在手压井、牛棚组成的场景中真实穿梭，要么安然地回归大地。只有一个小学教师，来回不停地行走、捡拾，生怕漏掉了某一个细节。

飘扬的床单

　　韩茂廷是我老家的长辈，一脸憨实。

　　在我12岁之前，我对他没有什么特别的印象。老家是一个比较大的村庄，1000多口人，我只能记住大队干部，或者开代销店的麻五，还有一口黄牙的民师，以及本族的人。其余的人我感觉都是在默默无闻地生息着，种地、放羊、晒太阳，生活和生活中的人被一日又一日复制，毫无新意。

　　这种状况在我12岁那年得到改观，我一下子认识了很多人。因为他们每天都往韩茂廷家去，一蹲就是半天。韩茂廷和我家住的不太远。他家出事了，儿子得了白血病。

　　纯朴的乡亲无法将这个陌生的名词与死亡或恐慌联系在一起，甚至都还搜肠刮肚地诠释着自己的安慰。在他们看来，一个白净的小伙子不可能与不幸牵手。

　　然而来自遥远城市的消息一次又一次像风一样刮来。确诊、住院、抢救、费用数额巨大，一条条向村庄奔袭。

　　茂廷黑着脸，不再憨憨地笑，卖粮食，卖树。

　　家家户户端起碗时，将惆怅当成了佐料，将叹息拌在汤里。

　　茂廷开始卖猪，卖耕地的牛，甚至开始卖看门的狗、下蛋的鸡。每卖一样，大家的目光就紧一下。

　　本族的人就送钱去，不多，只是一种表达。茂廷说谢了，低头抽烟，不收钱。村干部来送钱，也被退回来。茂廷说，大家都不容易。

茂廷正在上初中的儿子、女儿都回家了，到一个叫广东的地方做工。广东很遥远，做工对那时的老家人来说也很遥远。遥远地把大家的忧伤扯成线条，挂在日子的分分秒秒。

有长者去训斥，茂廷哭了，但还是不接受。有亲戚来了，茂廷拿了钱，咬咬牙又放下。

茂廷要卖房子。房子是庄稼人的根，有房才有家。很多人去了，去生气，气他的倔。我也在场，以一个看客的身份听茂廷的分辩，他说，我还不起这个人情。

于是有很多人想办法，于是终于有人想出办法。一汽车的床单拉进了村庄，床单是茂廷亲戚的工厂生产的，顾客是我老家的村民。

没有人讲价，没有人挑拣。大家都说好，大城市生产的，多买两条，连最邋遢的老六叔也买了两条。

每条14元，是一个孩子一学期的学费，一家人半年的油钱。我家留了五条，妈说，挺好，将来娶媳妇也可以用。

茂廷不知道，出厂价是六元。大家都说床单挺好，比县城的百货大楼里便宜，还漂亮，真得谢谢茂廷呢。

屋后的槐花香了，家家户户都把床单洗了，说出出水就收起来留媳妇用。我和伙伴们第一次走遍了全村的角落，因为挂在绳上的床单散发出的肥皂味，比槐花还香。

新床单的味道，一直留在我的心中，因为12岁以前的我和伙伴们，从没有用过床单。所以，飘扬的床单一下子奢侈了村庄的目光，一下子擦亮了我全新的感觉，比如温暖或者感动，比如什么是最美的风景。

幸福的关键词

小 包

没事时，小包总是看着周围。

起初没看出什么不同，只有草，废砖，还有一两株玉米什么的。日子长了，小包还是看到了许多变化，比如抬眼望去都是高楼，而不是麻雀；吃饭看不见炊烟，也看不到油花。

这种对比总是被工头吆喝打断："又在想着当城里人了吧？"小包赶忙将石子铲进搅拌机。

将石子铲进搅拌机、再盛进一个小推车，是他的工作。每天26元钱，扣掉五元吃饭。阴雨天不给工钱，所以阴天时小包总盼望阳光——阳光就是钱，就是妹妹的学费。阳光多了，小包又向往阴天，阴天可以放心地睡，或者看看周围的建筑，女人。

看着的日子里，楼就升高了，高得眩目。小包就跟着上楼贴滑滑的瓷砖，住地也由棚子里搬到楼上。工头说，想睡哪间睡哪间。

睡在地板上的小包有些兴奋，就来回地走。他在信里对妹妹说，兰花，努力吧，考上大学，来这有地板的屋里，气派呢！

小包一层一层地睡，睡的楼层逐渐降低。终于完工了，大家收拾背包跟着工头向下一个工地出发。走的时候，小包有些依依不舍，几次转脸去看这栋他第一次盖的大楼。工头笑着说，楼多着呢，想看都看不完。

真的。小包就在这城市打转圈地干活，干久了，就有些闲钱，寄给老家后，小包就想看看风景。风景看完了，就想去看看自己盖过的房子。

门前变了样，有了很大的大理石地面，还有喷泉。看到有两株玉米在这里，瘦瘦的，小包就走过去，捧上一把。马上有保安跑过来。

我就看看，小包解释。

"不行，这是四星级酒店。"小包指了指楼，说，我知道，当初我想睡哪间就睡哪间。保安怔了怔，说，请问在哪里发财？

小包心里空空的，说，就是我盖的。保安没听他的话，因为此时一辆轿车开过来，他赶紧跑过去用手放在门下，接过一件大衣。很快，又有几辆车像鱼一样游了过来。保安朝他挥了挥手。小包知道，他是一只小蚂虾，只能趴在水草里。

想好不回头的，小包还是转脸看了一眼。高大的玻璃墙，换着角度折射太阳的光辉。真漂亮，小包心想。回到工棚，数了数剩下的钱，他有些难过。他小心翼翼取出被子夹层里的一张纸，那是一张通知书，重点高中的通知书。他摊开，一字一字读了，又叠起。叹了口气。

小包找出一张纸，开始给妹妹写信："我在这儿非常好，看了好多漂亮的地方，盖了几幢大楼，我想睡哪间睡哪间。"

不知什么东西滴在纸上，小包继续写道："兰花，好好读书，争取也来大城市。"

"到时，"小包结束了叙说，"你会在最高的楼层上班，我相信。"想到这儿，小包开始高兴。

第四辑 飘扬的床单

第 五 辑 **那些温暖的地方**

幸福的关键词

脚 步

去年元旦，我在乡下，在我的房间里看书。我是这样打算的，偷得浮生半日闲，泡一杯茶，读点儿自己喜欢的文字，给新年一个美丽的开头。

好像父母都是这样的，他们过的是旧历年，要贴上喜庆的对联，要放上很响的鞭炮，要在大年夜将门留出一条细缝，说是财神爷会进来，还要第一个跑到那口老井前挑上一担水，说是幸运水。他们有条不紊地做着这些事，一年又一年。面对我们的问号，父亲总是不回答，他只是说，上人都是这么走过来的，盼个好年景吧。

所以，我不知道，公历的新年是怎样的一种过法。我悄悄地告诉女儿，在很远很远的地方，有一群很聪明的人，他们有一个风俗：新年第一天，看到什么最多，就会在未来的日子里获得什么。女儿明白了，她捧起书，认真地看起来。

但是我没有坚持住。有一个很好的朋友，接着有三四个，约我到城里，说，一群快乐的人过一个美丽的新年，会复制无数的快乐。我没有拒绝快乐，我和一大群认识还有不认识的朋友坐在一起，畅想，疯想。没有人能够抵挡住平庸中的浪漫，琐碎中的向往。

然后，我们各自回家。我在课堂上，和孩子们一起寻找过去，憧憬明天。这时，我有了一本属于自己的书，里面是一些浅浅的文字，很适合同学们看，于是，我就放了两本在我的班级里。一个清秀的女孩写了一行清秀的句子：希望老师成为一个大作家。

似乎在我收到的每一张贺卡上都有这样的句子，很温暖。其实，我在心里也给自己许下了一个小小的愿望：但愿来年，文字更美丽。我被自己温暖着。明天多好啊，未知的，总会带有一些希望。所以，在声声鞭炮的热闹中，外甥女过生日了，很多人，掏出了很多钞票。我摸了摸口袋，在很多目光的聚焦中，掏出我这一本厚厚的书，放在她的手里。一转身，穿过喧哗的人群，悄悄忍住夺眶而出的泪水。我为这个可爱的孩子许下一个认真的愿望，读书，做一个平凡的人。

真的，我身边有许多许多平凡的人，平凡的人都容易感动。我的一个发小，走了很多弯路之后，低着头走进了他发誓再也不会回来的家门，没有吵闹，没有战争。那个曾经很美丽的女人，似乎可以有很多个理由，爆发一种情绪。没有，什么也没有，她只是说，带孩子去买衣服，买球鞋，买书，买一个他很想要的MP3。他当然感动，当然后悔，在和我喝酒时当然说，兄弟，相信我，我能把日子过好。

我当然相信。每一个愿望都会开花，每一朵花都是春天的礼物，每一个春天都是姹紫嫣红的。可是，花儿总会凋谢，叶子总会凋零。那个元旦和我们在一起喝茶一起畅谈人生的朋友，在一个雾天，在回家的路上，离开了我们。

我呆呆地站了好久。其实我还没有记住他的名字，没有记住他的职业，他和我很多的普通朋友一样，在我的记忆中出现过，只是为了一次聚谈，或者一次愉快的经历。但是我伤感，因为，我们曾经在一起，豪气地为明天干杯。那种声音，很响亮。

响亮的还有课堂上的掌声。又一届学生毕业了，我们在教室里长时间地鼓掌。他们要走了，黑板上有很大很大的字：祝我们明天会更好。我们就这样拍着手，仿佛能把时间留住。我知道，他们要走了，要去奔向未来。我只能祝福，不管明天是风，还是雨。祝福总是一道彩虹，给人美丽，和希冀。

后来，他们走了。我给每一个人整理书包，捆扎桌椅。我和每一个人握手，希望他们回校园看看。他们不知道，我也离

幸福的关键词

开了校园，离开了我熟悉而且适应的土壤，我成了一棵蒲公英。还是那个清秀的女孩，递来一张纸，上面是满纸的青春：祝愿我们的老师能够成为大作家。

我开心地笑。愿望总是一株灰灰菜，握在手里总会有一些灰灰的记忆。我给女儿写童话，她总说太慢，我还是开心地笑。不是还有明天吗？童话不会长大。

她也笑。今年，她又长高了。今年，我又写了很多文字，不美丽，但是还在写。我们的脚步从来没有停止过，不管早晨，还是夜晚。不管幸福，还是伤感。

 幸福的关键词

简　单

出门旅行，要安排好许多事，从日期到路线、车子、食物、饮料、药品、旅游图……还得安排好人看护房子。宠物又怎么办？转念间，人已累倒了。如此旅行，是一场战役，而不是放松。

简化程序，省去琐碎，一样可以达到终点。简单是一种心态，需要智慧，需要力量和决心。

上学的孩子不看老师的脸色，和同学说吵就吵说好就好。谁不羡慕？因为他们简单。

非典时一对夫妻骑着一架自行车，用了八天时间回到安徽老家，让许多人叹为观止。他们说得简单，孩子在家，没人带，怕。

所以，简单是一种意境。

微　笑

丈夫死了！留下三个孩子。

田翠侠来学校的时候一脸微笑，谈孩子，说孩子的优点，听话、刻苦、体贴人。当然，也谢老师，多费心。不像有些家长，说着悲苦，泪水就潸然而下。

我问孩子，你母亲一直都面带笑容吗？

孩子点点头说，为我上学收拾行李时，放学等我回家时，为哥哥借学费时，上街买回一斤肉时，妈妈都在笑着。

孩子在微笑中成长。今年，他以高分考取了一所省重点高中，哥哥考取了大学。

田翠侠带着孩子来拿通知书，孩子笑得合不拢口。

微笑一定是一缕阳光，照在孩子的天空。

工作或劳动

有一些事经常被误解。

比如一个因久病而卧床不起的农民，在阳光满地时非要家人推他到田野里去，坐在地头，也许还要捏碎几个土块。

诗人说，这是对田野的渴望，对大地的朝拜。

我只能暗自发笑。我的一位亲戚亲口告诉我，就是想摸摸锄把，痛痛快快地干一歇活儿。

劳动才是存在的证明，才是创造的标记。没有人轻言放弃。

抱怨劳动过度，指责工作不理想的人往往最忠于工作。他

幸福的关键词

们的目的大多是想干得更好，而不是失去。

工作是现代社会给人的烙印，证明着安全感。

挫　折

挫折是我们与生俱来的朋友。

想去追赶却迈不开腿，想要发表意见却不会发音，想要吃丰盛的宴席却不会用筷子。诸如此类的困难是每个幼儿都会遇到的。

幸运的是，我们全都闯了过来（除了疾病原因）。又有谁感到痛苦甚至绝望？不曾有，童年留给我们和父母的都是成长的喜悦。

可大人们面对挫折却经常沮丧、困惑。因为他们看不到战胜挫折后的风光，伴随他们的是忧虑——忧虑能否保住既得的一切，是恐惧，恐惧失败后的不利，是负担——思忖人前人后的面子、名声。还有计谋，等等。

挫折是一扇门。要像孩子那样无忧无虑地推开，门外，阳光灿烂。

健　康

邻居有一对盲人夫妇，有地，由别人代种，靠丈夫摆个擦鞋摊支撑生活。

但每天中午，夫妇必定衣冠整齐地到校门口接儿子。长着一双明亮眼睛的孩子飞快着跑过来，像一只快乐的小鸟。

有人问，不怕孩子同学笑话？丈夫很坦然，笑话什么，吃自己喝自己，照样过日子。

校门口轿车有，摩托车也有，可大家习惯了，静静地等他们先走。

原来，健康只是一种心态，一种自由的思想，不与人争高低的快乐。

当物质、名望、地位弃我而去时，应该庆幸还有健康的身体。当健康的躯体也不完整时，一定记住：积极地生活，让心灵纯净，幸福便不会离开。

这是我们能够庆幸的最后防线。

爱　着

村里的大路年久失修，空空洼洼。村长说，一事一议，拿点儿钱修吧。

有人嚷着，议酒桌上去了，不修。

大家便走老路，连外村的人也得牵着车子走，牢骚声不断。

栓叔在牢骚声中不断用砖头瓦块垫路，还弄个锤鼓鼓捣捣的。

他图啥？有人撇嘴。栓叔不吭声，闷头干活。从外村搬来的他，不喜欢说话。

回到家，妻子也说他，图啥，庄上人看不起咱，猪牛羊散放吃麦苗，孩子打架有理也没理……栓叔瞅了一眼，说，懂啥！修修补补，顺便。再说，庄上人对咱怎么了，给宅基地给路走不欺负，很好了。做事要记住人家的好。

栓叔每天早晨出来卖豆芽，下午就捡点儿剩砖块修修补补。

卖豆芽的栓叔发现豆芽开始好卖。外村人认出他了，就是那个补路的人。

修补路面的栓叔也发现路好补了，家家户户都把砖块倒在了路上。

这是很早以前的事。栓叔现在做着村长，还开了一个工厂，红红火火，村里村外几百号人在厂里做工。

原来，没有人爱你时，不妨试着去爱别人，爱就相通了。

爱和被爱都是幸福的。幸福是一个过程，行走在我们健康的每一瞬间。

 那些温暖的地方

寒冷的早晨，总是父亲先起床。他会抱着一团玉米秸走进来，在我们的期待下点燃，沉睡、挤压在一起很长时间的玉米秸激动地释放着激情，火光直冲向屋顶。母亲一面将火分散些，一面将我们的棉衣翻过来倒过去地烤，然后吆喝着大家起床。一般是我首当其冲，然后是二弟，妹妹，迅速穿上热乎乎的衣服，凑在余火前搓着手。

新的一天，总是从温暖开始，在我童年的老屋。

日上三竿时，那个黑黑的中年人又出现了。村庄立刻热闹起来，高高矮矮的孩子端着一碗玉米或者小麦，挟着簸箕，将宁静踩得粉碎。爆米花的中年人不紧不慢地抽着风箱，转着小小的锅炉。终于有人忍不住了，催促着快一点儿，师傅摇摇头，笑着要我们捂耳朵。年幼的孩子便认真地捂着耳朵。我们有了经验，看到他停止工作，起身将铁棍别上，使劲一踩，我们才肯象征性地护上耳朵。毕竟轰隆一声的炸响比鞭炮要猛烈地多，但更猛烈的感觉来自于长长口袋里倾泻而下的米花，白白胖胖，散发着香气，让人无法抗拒。

我也是，我端着大大的簸箕兴高采烈地走在回家的路上。身后，是我的弟弟，还有两个穿着大裰的妹妹。他们往往会扯

我的衣襟，我就停下来，和他们一起大口大口地吞着白白胖胖的散发热气的爆米花。

上课的日子没有爆米花，老师们又经常提起。风会从各个角落突然袭来，钻进宽大的棉衣里。有人跺着脚，有人搓着手，我会将两手背在后面端正地听讲。老师便表扬我，想拿我当正面典型，问我想什么。同学们以为我要回答"学习"，可我说，老师，挤磨油。

老师怔了一下，又笑了，挥手让我们下课。我们长长地排在一起，靠在墙上，向中间挤，挤出来的人又从两头补充力量。不同的力量推挤着，排斥着，身子开始暖和起来。盛大的场面吸引着许多女同学，蓝棉袄、花棉袄拥挤在一起考验着母亲们的针线活。校园里，热气腾腾。

有一次，打号子声非常响亮，因为大家发现老师也挤了进来。战了两个回合，他点点头说，暖和多了。我记得他，是个瘦瘦的、戴着眼镜的初中数学老师。

日子在阳光中滑行，也在阴霾里穿梭。上高中那年我得了一场病，除了头，其他部位都不能动。狭小的病房里挤满了亲邻，他们试图用坦然和安慰增强我的抵抗力。我承认我是悲哀的，因为我经历过一次高考的失败，因为新年的气息已经飘进病房，我好像突然没有了理想或者目标。

但当我看到我所有的亲人——爷爷、奶奶、父亲、母亲都在床前，说着他们平时不习惯说的道理，回忆着我幼时的调皮，我仿佛又回到了童年，我知道，对于他们，我很重要。

那一天，1994年腊月二十八的凌晨3点钟，我奇迹般地站起来了。站在门外，我发现寒风有时很亲切，身后一大群人，与我一同拥抱亲切的春风。

当然生命中更多的是春天。医生告诉我仅仅是因为缺钾，一种微量元素。于是，我又朝气蓬勃地进了大学，补充丰富的营养。

幸福的关键词

于是我回到了校园，我依然在教室里生活。我读书，读给同学们听；我写字，写给孩子们看；我摸摸这个孩子的头，我拍拍那个孩子的肩，说一些我的老师们当年说给我的话，他们都信任地点点头，于是我就有了力量，更加喜欢教室。我发现世界上最有朝气的花园，最有力量的鼓场，最有价值的育林场都浓缩在小小的教室内，教室内始终是春天。

我总疑心这是一片麦地，因为我总是听见小麦拔节的声音，短促而有力。听着，听着，我就振作起来。

我就准备写些东西给孩子们看。在熙熙攘攘的大街上，我找到了那个小亭子，那里面有许多畅销的杂志，上面刊登一些孩子们爱读的文章。读了觉得好，我就写给同学们看，他们说很好，我就朝圣般奔来再买回去读，接着再写。那些日子，那个小小的亭子成了我最热切的希冀。

那年夏天，气温很高，我像往常一样去买几本杂志，其中有《读者》。可这一次我翻到了我的名字，揉揉眼睛，的确是我的文章。我对着卖书的老人说谢谢，他看了文章后慈祥地说，希望还有下一次。我往回走，心里很温暖，和炎热不相同的温暖。这种温暖来自心灵，因为我知道，任何一种努力，都会有结果。从那以后，我经常走进报亭——那个心中的温暖的小房子——拿起一本杂志，也许会又一次和自己对话。

其实更多的对话，我选择在晚上。在这间20平方米的房子里，有柔和的灯光，雪白的墙壁，还有各种颜色的桌子、柜子、凳子、盒子和衣服，让人感觉充实。我会点燃一支烟，开始回忆，童年、少年、青年在回忆中逐渐清晰起来，温暖开始在身体里游荡，包括并不重要的细节，比如爆米花、挤磨油。这时，温暖是记忆的一盏防风灯，将过去拉长，慢慢摇曳。有时，我会想起一些画面，清清楚楚的画面，有蹲在病床前的父亲，早晨为我做上热面条的母亲，他们正在酝酿温暖。温暖是成长印迹中最浓的底色，渐行渐深，让一些关心或者呵护丢下种子，慢慢萌发。更多时候我知道温暖其实是一种心境，是瞬间来到却永驻心间的感觉，是给予别人也留给自己的感动，与温度无关，与爱心有缘，和真诚同在。心温暖了，生命就会神采飞扬。

七岁的女儿偶尔会醒来，看到我又安稳地睡了。我就有一种奇妙的感觉。有些温暖是一脉相承的，像当年我在床头看着父亲点起的堆火，心里便踏实，充满力量。女儿也是，这也是她童年的老屋。所以，我开始快乐，开始继续认真书写一些温暖的词句，为自己，也为别人。

 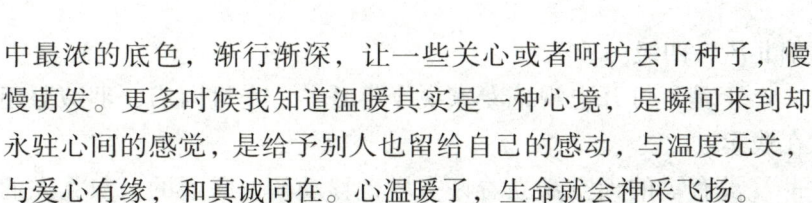

雪

我们总是用酝酿了很久的心情等待着雪的到来。

等待是一种开始。抬头看看天，暗了没有？低头看看地，霜是否还在？或者感慨大风总是不够猛烈。放下手头的工作，利用短暂的两三分钟，在若有若无中开始想象。

想象是一种回忆。银絮纷飞，笑着，追着，儿时的欢笑犹在。雪片落定，追着，笑着，一个雪人旁若无人地注视着来去的脚步，任孩子们放纵快乐。

回忆是一种温暖。父亲的铁锹，母亲的扫帚，自己在雪地中的奔跑，都在记忆中，在炊烟中，在熠熠夺目的雪亮中，定格、清晰、放大，留下一张张永恒的相片。

于是，在玻璃上吹一口热气又擦去。翻一下报纸，还是晴天，

幸福的关键词

偏北风，四级。

于是，打开电视，专家说今年暖冬。走过商店，羽绒服还在贱卖。

没有雪的天空矗立着许多塔，移动的，联通的，灰秃秃的只有钢筋。

但雪还是下了，在临近年关时，在春天的钟声即将敲响时。没有先兆地，在一场小雨后，突然铺天盖地而来。小片，大片，接连不断。飞着，舞着，变幻姿势。像一群精灵，快乐地舞蹈。

我看到许多人，站在空地上，张开双臂与雪花拥抱。我看到许多铁塔，挺拔地屹立着。

雪是冬天的翅膀。我相信，这个冬天正在振响羽翼。

妈妈说，今年下雪了。

许多人，一下子回到了小时候。当然，也有我。

冰封的池塘

仿佛一夜之间，池塘穿上了一层厚厚的冰衣。

很多人——吃着烟袋的老人，纳着鞋底的妇人，剃着锅铲头的儿童，还有艳装的少女，以同一种姿势出现。

小心翼翼，充满惊喜，添上兴奋的尖叫，池塘四周的人在冰上努力前进。

我也在。我将一个板凳倒过来，让弟弟坐在上面，拽着跑。还有玻璃球，它们高速滑行，奔向某一个可能的地点，然后，又被射出。今天，它是白色的帆船，在水面上呼啸而过。

胆大的二猛牵来自行车，上去，跌倒，再上，再倒。一次又一次，他终于骑上去了。所过之处，有迅速延伸的裂冰痕迹，还有夸张的表情。

阳光，懒洋洋地抚摸着村庄。

有人离开，还有更多的人充满惊喜地来。今天，池塘，是村庄最美丽的眼睛。

我又换了工作，使劲地凿开一个小洞，伸手，触摸，等待一条鱼儿的到来。

没有鱼儿，或者小虾。它们也许在某一个角落，在温暖的水中，聆听着谁在它们的房顶跑过，然后滑向深处，希冀，更深的宁静。

于是，我起身。走时，我堵上了那个小孔，用几块碎冰。它像一个封讫，盖在了鱼群厚厚的房顶上。

那年，我九岁。

今年，我的女儿也九岁。

她在池塘边找了很久，发现一块薄薄的冰，高兴，欣喜，手舞足蹈。

冰下有鱼吗？

我点头，应该有一条，但还有很多的鱼没有房子。

女儿说，我们给它盖吧。她的话，和冬日的阳光一样，暖暖的。

酒

我喜欢这样喝酒。

三两亲戚，一二知己，坐在小小的厨房里，关上门，偎着炉子。一杯、两杯，慢悠悠地喝，谈谈工作，聊聊学生，叙叙往事，肚里就热起来了。

菜凉了，放到锅里热热；话题丢了，端起酒杯碰碰。长长短短的时间，就在三言两语中消融了。

散场时，心里热乎乎的。

幸福的关键词

我也喜欢这样喝酒。

在老家的屋里，在旧时同学的家中，高大而方正的桌子，白晃晃的日光灯，十来个男庄邻或同窗围坐着。先是客气地敬酒，互相热情地招呼，主人介绍，接着是兴奋的划拳声，旁观者的调侃声。屋里的温度，与心情同步上升。

我不是被动的看客。我殷勤地听着，因为结束时大家都在肆无忌惮地说着平时不敢说的话，表表志向，发发牢骚，甚至还以歌明志，以戏抒情。

我曾在一次晚上散场后，顶着寒风步行十余里回到家。第二天父亲问我，你怎么唱着歌回来，那么高兴？

我的脸唰地红了，因为我从来不敢唱歌，老跑调。

我还喜欢这样喝酒。

正月里，一家老小，若干个小家庭，众多的小孩子，坐在一起。喝酒经常被打断，孩子们站起来够自己想吃的菜，用筷子，或是用手抢。胜者笑，败者哭，一片嘈杂，但又没有一个人觉得厌烦。因为谁都知道，只有过年，只有冬天，才有这样的机会——小孩子见面的机会，大人团聚喝酒的机会。

当然，最终，孩子们跑光了，去抢鞭炮，去玩游戏。只有兄弟们，陪着老父亲，在斜射的冬阳里，且斟且饮。有时，连话都不说，仿佛还在昨天，小时候，看着父亲和客人喝酒，我们吃饭，准备上学。

酒，是冬天的火炉，在一年中最寒冷的时候，将情感一点点聚拢来，暖暖地加温，日子就热乎起来。

所以，从上海回来的弟弟，打电话说回家了，喝酒。我急忙出发，尽管因为身体原因，已经不喝酒了，但我愿意和他们坐在一起，看着他们推杯换盏。

因为，有酒的冬天，充满了回忆。因为，冬天的日子，弥漫着温馨，没有一丝粉饰或点滴矫情。

旧历新年

我喜欢旧历新年,那时冬天已经远去,春天正在走来。

在年前一般是有一场雪的。淮北的天气很有规律,第一场雪,不大,像是一位妇人,抹了淡妆,素雅、恬静。雪后的天气照例晴朗,晴朗阳光下的人们开始迎接新年,悄悄数数枕头底下的人民币,算计买哪些菜,准备招待哪些亲戚。日子,在思考中,热气腾腾。田野中的那点儿残雪,也在来来去去的农人脚步中含笑消融。有雪的新年,是一幅意境高远的山水画,星星点点,自成佳境。

同样是在年前。我习惯看新闻,看火车站里人山人海的场面,那是从繁华的城市中一下子抽走的情感,没有留念,没有犹豫,也没有执手相看泪眼,人们毅然、决然地走向车站,蓄载了一年,也许十几年的情愫在这个旧历新年爆发。高楼,车灯,喧哗,或者咖啡,还有一些小资,时尚,都暂时忘却,向那个有着很土名字的小村庄出发,睡当年的炕,看房前屋后的桃李枣树,追一只鸡欢呼几声,所有的压力、薪水、人际关系都将忘却,因为,过年了。因为,回家了。所以,我喜欢打着电话确定弟弟、舅舅回家的日期,甚至将正月里的酒都买好,放在厨房的最显眼处,看着,就温暖了许多。

放寒假了。傍晚时分,我在街头的车站,看着一辆又一辆喘着粗气的中巴,停下,放下许多急匆匆的身影,和沾满千里之外城市气息的包裹,又亮着灯向前奔去。有人会和我打招呼,大多是我的学生,他们在外做工,或上大学。他们笑眯眯的,提着包,坐上接应的摩托车,飞快地在黑暗中打开一条光亮。他们很年轻,没有穿很多衣服。我提醒扣好扣子,他们摇头说,

第五辑 那些温暖的地方

幸福的关键词

家里不冷。我笑了，挥挥手，向学校走去。

学校里很静，没有学生。他们在家做作业、看电视，也会打电话来，说声新年快乐。那时，我也在老家，贴门对子，将最耀眼的祝福送给自己。门对不很长，字很大，纸很艳，光亮十分，整个村庄像新娘，抹上了最流行的胭脂，一片喜庆。我看到孩子们在对联下，用手指着某一个字，那是语文课本上的字。他们不知道在曾经的岁月中，上面的文字是一种志向，一种情感的宣泄，或者是才子佳人的写意山水。我知道，对联是旧历年底最时尚的元素，在新年的每一天熠熠生辉。

在村庄中，我看到了许多儿时的朋友，他们正在忙着点鞭炮。此起彼伏的声音，争着抢着捡散落鞭炮的场面，突然定格。这是我曾经的瞬间，望着纷纷炸响的鞭炮，想起自己又大了一岁。父亲说，又多认得两个字了。我突然有些酸楚，这些声音一直不曾远去，这些关怀和祝福永远留在身边。

我们一家踩着新年的鞭炮回到了学校。今天我不再写作，或者看书，甚至不去思考，我给女儿一些压岁钱，告诉她，她又长了一岁，好好读书。

然后，我们在校园里，看附近的村庄上空飘舞的烟花，一层一层，像是春天，百花齐放。

向上或者向下

一

那年,我12岁。我遇见了一件奇怪的事。

父亲去镇上赶集,母亲到田野里打猪草。我坐在院子里看书,鸡在啄食,鹅在散步,一切安静而和谐。

突然,一种尖厉的声音打破了静谧,那只熟悉的鹅突然展翅飞起,从小小的院子飞向空中,飞过门前的菜园,在我的惊讶、呼叫、奔跑中飞过池塘。我不敢相信自己的眼睛,家鹅怎么会飞上天空?但那耀眼的白真实地存在于蓝天下碧水上,我记住了它飞翔的美丽,它的翅膀大而轻盈,洁白的颜色在空中游弋,留下一些飘荡的羽毛。

我继续向前追,但毫无结果。那只鹅拍打着翅膀,优雅地向西南方向的田野滑翔,自由自在,没有任何约束。

所有人都不相信我的解释。母亲找遍了房前屋后的草垛、树林,弟弟妹妹费尽口舌学着鹅的叫声到处叫唤,父亲走到池塘边,一言不发。闻讯而来的爷爷摸摸我的额头,问我是不是发烧说胡话?

同村的韩老师也来了。他说在田里干活时见到了一只飞累了的鹅,捉回家吃了。他笑着说:"我还以为是天鹅呢!"

父亲笑着拒绝了他的赔偿。父亲开始骄傲地在村庄游走,不厌其烦地转述"白鹅飞天"的每一个细节。他还仔细询问事件前后的琐碎细节,然后将眉头舒展着,任笑意在脸上纵横。

他得意地拍着我的肩膀:"庄上的人说我们家要出大人物了。"

幸福的关键词

那时，我正在认真地写作业。

二

我不会游泳。可我还是纵身跳下水。

我知道这个池塘只有半膝深，除了两个取土留下的土井。我连鞋都没脱，就一路飞奔着踏进水里，跑到土井边。

我以为一伸手就可以把落水者拽上来，但自己却滑了进去。水是黄的，水很深，我看不清方向，我在下沉。我意识到，我快没命了。几经努力，我终于踩到了土井边的硬泥，一带劲才上来。这时，我大口大口地吐着水，旁边的二华推我，喊道："快救人啊！"我看到落水者的头发已经一沉一浮，我看准后伸手猛地一拽，她上岸了。

看到我浑身湿透回家，母亲吓得要命，因为我不会水。父亲一边烧姜茶一边教我救人的要点，比如要冷静，还不能让她抓到你。门口已经聚集了不少邻居，他们夸我勇敢，感叹如果不是我，落水者一家就塌天了。

这话是真的。落水者是我的邻居大娘，她的丈夫三年前死于白血病，两个孩子，一个七岁，一个四岁。

大娘的公公婆婆也都上门说了不少感谢的话，还送来一只漂亮的小花猫。

走在村庄上，许多人说我是一个好孩子，从小就是，现在还是。我突然发现我是一个英雄，心想，我会不会上电视上新闻，会不会戴上大红花发表热情洋溢的讲话？会不会被我的大学知道，然后评上"优秀学生"，安排一个好工作？

我在幻想中生活。可是村庄很快平息了我的幻想，一切归于平静，连同我救起的邻居大娘，见面也只是笑笑。

我很失望，自己差点掉了命，换来的却是平淡。出名的欲望占据了上风，我准备用别人的名义写信给学校。

父亲打了我一巴掌。他将我带到水边，指着微波粼粼的水面告诉我："庄上很多人掉下去过，都被人救起来了，包括你。"

我？父亲点头。他开始讲着那遥远的往事，我听着，惊心动魄。

"有碑吗？需要功德碑吗？"

我摇摇头。水面依旧，微波粼粼。

父亲将我的信扯得粉碎。他叫我明天送一条小狗给邻居大娘。

我点头，理所当然。

三

1996年，我怀着幼时的理想做了一名教师。因为是从非师范专业毕业，我成了一名代课教师。

我带两个班的语文课，每个星期12节，加上早、晚自习一共24节。每个班70多本作文，每周改一遍。我还办了文学社，辅导学生写作，出版文学刊物。

我是一个班的班主任，负责学生的吃、喝、住、学。我是学校的语文教研组组长，忙着开课、听课、评课。

像蚂蚁一样努力，像蜘蛛一样谨慎。总希望用忙碌冲散现实，可现实还是被经常提起，挂起，高高地晒起：代课教师，工资时有时无。

从三个月到一学期，从一学年到两学年，终于在欠工资的月份逼近43个月时，我疲惫地坐在地上，我不知道自己在做些什么。

乡政府托人带来话，叫我去当专职通讯员，工资按月发。

一所私立学校开出很高的工资，诱惑着我。

幸福的关键词

很为难，一个26岁的青年彻夜难眠：一面是现实的窘迫，一面是理想的光环。

父亲也帮不上忙。他看着我，有些手足无措。他开始聊一些往事，我的，弟弟的，还有这个家族的兴衰。有一句没一句地闲讲，讲到了那只白鹅。父亲又眉飞色舞起来："鹅都能上天，你还能不转正？"

我笑了，多么荒唐的逻辑！我突然不笑了，一只家鹅，土生土长，因为理想，它以为自己可以飞上天空与白云为伴，它想穿过树林与鸟儿歌唱。它做到了，一个神话出现了，因为梦想。

对，因为梦想！我提醒自己。我回到了学校，两个月后，2001年9月11日，我参加了县政府组织的教师招编考试。

我被录取了，没有悬念。

2004年9月，我被评为"安徽省优秀教师"。从小镇出发，站在领奖台上时，我又想起那只飞天的鹅。我将证书高高地举起。

四

最初的写作是为了证明，证明我是个不一般的代课教师。

我很幸运，第一篇散文就在市报副刊上发表了。编辑打来电话，问我多大。我告诉他，21岁，乡下中学语文教师。

我发表的作品越来越多，在《拂晓报》，在《安徽日报》，几乎每个星期的副刊上都有我的文章，我的名字被越来越多的人知道。我加入了市作家协会，省作家协会，被吸收为中国散文学会会员。我开始应邀参加很多活动，和许多领导坐在一起，经常混到一两秒钟的镜头。

有时，还接到读者打来的电话，表达对我某篇文章的喜爱。我感觉，挺幸运的。

学生也经常读到我的文章,在一些流行的读本里,比如《读者》或者《时文选萃》。他们用无比崇拜的目光看着我,聆听着我旁征博引的语言。我想,这就是成功吧。

回到老家,我愉快地告诉父亲又在县上见到某某领导了。我说:"还有我一个镜头呢。"父亲笑笑,说:"没见着。"他一边收拾药筒,一边叫我带上水桶和农药。

下田的路上,乡邻们见到我,客气着:"回来帮忙。"语气淡淡的,并不是想象中的热情,也没有热情地问起我的作品。父亲也是淡淡的,他只和我讲棉铃虫,讲棉药,讲今年的花期没有阳光。

下河打水时,父亲说:"你写文章的事,我和庄上的人说过,可他们不关心。"我一怔。我知道父亲说得对,他们和父亲一样,关心的是棉铃虫、棉药和玉米、黄豆。

我和父亲开始打药。父亲说:"低头,看仔细点。"我就低头,看清高高矮矮的棉花,喷出一阵阵烟雾。像我那次救人,低头看水,微波粼粼,非常平静。

现在也是,空气,棉花都很平静,包括心情。

庄子曰:"北冥有鱼,其名为鲲。化而为鸟,其名为鹏。鹏之徙于南冥也,水击三千里,抟扶摇而上者九万里。"

孟子曰:"苟为无本,七八月间雨集,沟浍皆盈。其涸也,可立而待也。故声闻过精,君子耻之。"(如果水没有根基,七八月暴雨下来,大小河沟都满了,但过不久就干了。所以名声要是超过自己的实际,君子认为是耻辱。)

所以,向上看,空中有鲲鹏,也有土生土长的家鹅,梦想当然决定高度。所以,向下看,名利若流水,西来东去,道德却能影响深度。

向上还是向下,决定一个人的未来。

第五辑 那些温暖的地方

幸福的关键词

面对一棵树

我绕着栏杆转了四圈，仰起头看那伸入云端的枝干，在周围的古树中异常挺拔。我对自己说，这是一棵生长了2600年依然郁郁葱葱的银杏树。

2600年不是沧海桑田，只是一个数字。数字的背后有不变的语言，比如这座山还应该是天门山，山下依然是淮北的大地，大地上一些农民辛勤地劳作着。我们来的时候，一个高大的村民顺手一指就将天门山暴露了，我想这个姿势与2600年前应该没有差异。因为我看到了银杏树的沉默，在空间、在时间里静静地沉默，仿佛一朵落花，流水潺潺，诗意地漂浮，没有声音，也不想发出一丝轻微的声音。

沉默也是一种语言。2600年前的沉默是一场幸运，一个孩童或者一个士兵，也许是掉下的一粒白果，促成了一段缘。我翻了书，那是一个诸侯往来仁义充斥天下辩士的巧言美语胜过闲云野鹤的年代，大家都忙着建功立业渴望平步青云，没有人会去注意一棵银杏，弱小的，纤细的，悬崖下石缝间的银杏。包括羊群，或者牛，一只野兔，它从一开始注定了平凡的命运，不为人知的寂寞。这种寂寞，拒绝喧嚣，远离客套，游离在政客商人目光之外，游弋在弓箭手的聚精会神边缘，逃离迁客骚人的雅兴。所以寂寞是幸运的开始，是沉默的前奏。别无选择，它小心翼翼地，在风里，在雨中，在暴雪或者山洪里呵护自己，希冀一切可知和不可知的因素随之而去。没有亲人可以诉说，没有朋友可以依靠，沉默是它命运中最坚强的语言。一阵风吹来，我高高地举起头颅，映入眼帘的依然是沉默，镌刻着沧桑，镶嵌着深邃的沉默。

树下已经设起了香炉，周围送来一些木鱼声。菩提本无树，木鱼亦非鱼，三三两两的游人在我身后穿梭，间或发出一声惊叹，我知道最初的僧人取得了胜利。也许一个云游的大师，或者一个年轻的和尚，在树下找到了心灵憩息的场所，和一份安宁，一份祥和，一份淡泊。于是，银杏开始了新的生活，有人关注，有人抒情，也有人对着它高大的身躯悄悄许下心愿。它在一个院落里思考，它注视到周围许多树木倒下了，又有许多幼苗生长出来，一些鸟儿飞来飞去，每一天都不同于往日，每一个清晨黄昏又和昨天何其相似。于是，它知道它是幸运的，一棵幸运而巧合的树，它只能沉默，在沉默中开始新的一天。我也知道，它只是一棵银杏，高高地超过屋顶连一片叶都要长在遥远的空中的银杏，胸中有苍茫的云海，心中有变幻的风雨，皮肤上写满了千年的咏叹，根却依然扎入大地深处的银杏。

我不能叩拜。

它对我说，一棵小草一朵流云的存在都是一种幸运。我想，我也是，每一个人都是：降到这个世界，听鸟鸣水流，观风起叶飞，携子女父母，找一份工作喝一杯清茶，无一不是生之大幸。或许也有残缺，少了色彩少了音乐少了踏马行万里江山的气概，但存在本身就是一种美丽，别样视角的美丽同样是一种幸运。

面对2600年的沉默，我豁然开朗。

像是必然，我想起了仓央嘉措的诗：那一月我摇动了所有的经筒，不为超度，只为触摸你的指尖；那一年磕长头在山路，不为觐见，只为贴着你的温暖；那一世转山，不为修来世，只为途中与你相见。心弦清脆而猛烈地震动，我是有缘而来，一份渴望诠释祈求抚慰的人与自然的缘，在这棵银杏前瓜熟蒂落。身边有刺槐高木，脚下有山石峭壁，风雨奔袭而来，喧哗悄然而至，它能做的是泰然、安然、淡然。我能做的是安静，平静，恬静，尽管身边有宝马香车而过，有利多物少之念，尽管一颗

第五辑 那些温暖的地方

幸福的关键词

心也曾不停地上下沉浮。

所以，我现在心花怒放。我觉得它亲切地注视着我，让沉默绽开一些花朵。

这种感觉很独特。我曾面对大泽涉古台前那棵盘虬而上的龙柘树沉思，一个牧羊的老人描述着一些千年来不断添加演绎的故事，我只听到了刀剑碰撞的咣当声，还有那群壮士压抑了很久的怒火爆发的响声。那棵树，还有一些野草，驳离成我心中的刀光剑影。我也曾站在项王故里那棵2200年的项王手植槐

前，导游悦耳的语言消去历史的尘埃，我看到了一个重瞳武夫力拔山河的气势，也看到了四个高高的铁架支在了2000多年的记忆下，却没有听进一句传说。它们都是幸运的，因为名人因为有心人的呵护，一些真相落在了它们身上，一些情感被包装成记忆甚至戴上历史的帽子流传下来，成为不断更新的风景。而银杏没有，只有一个数字印证着年代和无尽的寂寞。这种寂寞，是山间的一股清泉，林中的一粒玉米，让我为之一振。

春风扑面。我还在树下，一棵没有传说的树下，我和它亲切面对。

面对的是一位长者，一位智者，一份沧桑，一种沉默。我不忍离开，面对一棵生活了2600年的银杏树。但我还是回来了，回来时阳光满地，春风满怀。

很远很远的远方

一

五岁的妹妹出走了。

正是队里上工的时候，我在空旷的村庄奔跑，我想不透除了家除了那片树林她还有什么地方可去。德三爷爷拦住我，问明情况向我吼着，还不赶快告诉队长！

大人都来了，争论、猜测加剧了焦急，父亲一言不发地向田野走去，母亲一边埋怨着奶奶没有看管好，一边向屋后的树林找过去。于是，热心的乡邻在讨论后都确定了田野是最可能去的地方之后出发了。我很清楚地记得长长的队伍在嘈杂声中迅速滚动着，仲春的田野没有遮拦，队伍便四散向场屋向树林前进。长长的喊叫声在旷野中飘散，当所有的可能都排除后，母亲歇斯底里了，她跳下那条浅浅的长着蒲草的小河，很多人跳了下去，来回趟着。

水很快浑了，像父亲的脸，没有清晰的颜色。

依然没有。有人说这是好事，说明没掉进水里，有人嚷着那孩子又上哪儿去了。河堤上充斥着无助和焦急。

还有母亲的哭声。但空气似乎静止了。

这段回忆经常让我惊悸，因为那年刚刚八岁的我，突然间就经历了离别，经历了恐惧，阵痛猛烈的袭击而且让人窒息。

但妹妹终究回来了，邻村的人用自行车载着她送到充满新鲜气息的田野中。

她一个人沿着村道行走。

第五辑 那些温暖的地方

幸福的关键词

她想知道货郎老王来的地方是不是充满了糖果和玩具。

二

高中时的班主任，有一句口头禅：向城市进军。

面对着整个班的高粱一样的学生，他问，我们来自哪里？

大家齐声说，农村！

我们现在在哪里？

声音更加响亮，县城！

你们满足了吗？你们理想是什么？

向城市进军！我们一脸的虔诚。

于是他很高兴，说，有一种生活叫奋斗，有一个地方叫城市，城市很美，城市很大，城市里靠奋斗生存，你们要不要奋斗？我们说当然奋斗。"天将降大任于斯人也，必先苦其心志……"孟先生的话真能振奋精神。

班主任也是，像一团火，经常给班里加温，他喜欢看到沸腾的样子。只有在晚上，大家都学累的时候，他才和我们心平气和地说，说一些美丽的记忆，比如北大，有漂亮的湖和一些雕像，比如清华园的建筑，武汉大学的樱花。

怎么都是大学？城市应该很大，在我们的想象中。

大学是一座城市的瞭望塔，向城市进军，就要从登塔开始。他比画着。

可敬的班主任又开始勾勒蓝图，当然，首先要向往，向往是最美好的开始。

于是我们便经常向往，向往遥远的地方有一座完美的城市：有山，秀气宜人；有水，弯弯曲曲；有树，郁郁葱葱。当然，一定有大学，不知名但真实存在着。

储存向往的梦开始缤纷多彩,迤丽并且漫长。

三

我在一个学校教书。

学校不大,周围都是豆子和麦苗。我的家在学校深处,学校就是我的巢。

时间长了,我很想出去。我想知道课文中的故宫,雨果笔下的圆明园,鲁迅笔下的酒店,南湖游船。其实是想替学生们知道,他们在教室里都是闭着眼睛努力地想象,认为肯定比我们的教学楼漂亮。我表扬了他们,他们比老师想象的还真实。

很多时候我坐在书桌前想象:大海,一种颜色的单纯和内在的深刻结合在一起;高山,一种力量的突起与视线碰撞;古迹,一种心情的沧桑在速度中延缓。想象就逐渐美丽,而且丰腴。

课文中的词语就跳出来,顺着豆子和麦子向前漂动:村庄的前方是一条小河,词语就变成了"奔腾";小河的两岸是树林,词语就闪烁成了"宁静";树林的边缘有一座小桥,词语依稀可见"古老"。这时,想象是一条河,词语是片片白帆,诗意地漂流。

有时学生跑过来问,长城真是那么长吗?圆明园还在吗?我喜欢拍着他们的头,说,等你长大了,看看就知道。

那很远吗?比县城还远吗?

我笑笑说,不远,只有几年的路程。于是我就想起似乎我有些印象,一些关于高高矮矮的山、长长短短的水的印象。想起我原来在城市里上过学,一个很远的城市,还有一些天南海北的同学,他们也给我一些印象。

我就在巢里想念遥远的同学,想着他们也许也在想念我,

幸福的关键词

想念我给他们带去的淮北平原印象。我便快乐。

对于他们，我就是远方。远方的我回老家收割黄豆，在黄豆中，我忘记了高高矮矮的山，长长短短的水。周围的玉米和镰刀成了我最清晰的印象。

四

五岁的妹妹没有看到远方，她的脚步很小，迈不到小镇上。可是她后来走了，在上海，在温州，在一家家工厂里挥汗如雨，用电话或者邮戳变换着远方的足迹。

想起妹妹，我就想起那个被数学老师画了一个圈站在里面，被家长锁在屋里不去上课拼命画画的三毛，她也将梦想的种子恣情地撒播，撒到万里之遥的非洲，撒到沙漠。

她就去了，用一生在行走，不曾停歇。

原来，远方是幼小心灵最初的向往，最神奇的憧憬。远方没有距离，孩子，却有了世界。

年轮增长，世界变得很近，高中时的同学，清晰地触摸到了远方的脉搏。在我们班的网页上，大西洋彼岸的那个胖乎乎的家伙在微笑，非洲远洋轮上的小陶正在张网，天南海北，一下子像雾一样散开了。连那个带着我们喊着"向城市进军"的班主任，也迅速地率先行动，搬家到了上海，在那里滔滔不绝为城市的子弟讲着同样的课文。

上海也好，非洲也罢，它们都是一个点，连在无数可能的线上。这些线缠绕着，指向可能的方向。梦想就是他们的坐标，没有极限，只有方向。

远方，是青春的地球仪，轻轻一拨，天涯咫尺。

远方是一道风景，有珍珠似的光芒照在童年，有火一样的

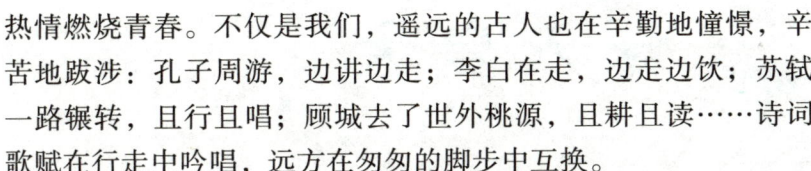

热情燃烧青春。不仅是我们,遥远的古人也在辛勤地憧憬,辛苦地跋涉:孔子周游,边讲边走;李白在走,边走边饮;苏轼一路辗转,且行且唱;顾城去了世外桃源,且耕且读……诗词歌赋在行走中吟唱,远方在匆匆的脚步中互换。

　　人在旅途,远方就在来来去去的身影中交替。月下思乡的不仅仅是李白,张继也在寒山寺的钟声中孤独难眠。十年生死两茫茫,思念爱妻的是苏轼。行走的文人在不经意间回望家乡,泪水涟涟,故乡竟然又成了希冀的远方。所以,陶潜在东篱下把酒临风,悠然见南山。所以,孟浩然安居鹿门山,听风雨声知花落多少。三毛长途奔袭,终于回到了台北。英儿在顾城的目光中悄然隐去。翻山越岭的跋涉,心房突然在瞬间加重了砝码,那是来自一片土地的召唤,生于斯长于斯的土地在梦中在眼前都悄然远去。有一些人,呵护自己成长的亲人朋友,也成了遥远的思念。追寻多年,渴慕多年的情愫竟在身边调换了位置。

　　憧憬是一片湖泊。远方,不在此岸,就在彼岸。

　　从上海回来的妹妹,嫁在了一个小村子,开始养猪养鸭养鹅。她忙碌着,说这才是归宿。

　　我依旧读书,在书中找寻远方。累了,就吃一些食物,馒头、米饭,它们都是我的承包田的产品。承包田离学校不远,我在里面除草或者看书,心里便很安静。

　　再累了,就去妹妹家,很近,二里路。说说还在上海工作的弟弟,远方就变得近了,童年也变得近了,仿佛就在小时候,我们坐在一个桌子吃饭。

第五辑　那些温暖的地方

幸福的关键词

深入夏天

锄　禾

　　锄禾日当午，是很古老的事。我选择早晨锄禾，有风，有太阳，还有宁静。这样，我可以和禾草安心地对话。

　　把你的小草请走，你不会孤单吧。

　　你们整整齐齐，像是在做操。

　　禾苗听了，挥挥手。我擦了把汗，也挥挥手。

　　汗滴禾下土。终于滴下来了，一滴，两滴，所有的毛孔都舒张，所有的汗水都向下。我感到一种莫名的快意，脱去上衣，让我的皮肤裸露，让一种心情释放。自然的阳光毫无代价地属于我，真实而亲切。

　　于是，我唱着歌回来。几个老人诧异地看着我，他们正在费力地移动着锄头。

　　妈妈也是，喘着粗气要水喝，要开风扇。

　　谁知锄禾苦，年年下田土。原来我只是一个过客，不解风情的过客，从贴满瓷砖的地上来享受一些真实。过客中还有蹩脚的诗人，呻吟的歌手。

　　因为，我们不曾年年举起锄头。

打　药

　　在最热的时候和太阳赛跑。

长裤、长褂、布鞋,还有一桶水。在如火如荼的夏季,这需要一种心态。

父亲不需要,他说这是活儿:棉虫不除,就收不到棉花;收不到棉花,就没有钱花。

我便认真地喷洒,从上到下,从外到内。细节成了我的目标。

风向有时在变,喷出的雾就射回来,落在衣服上,还有脸上。不擦,无法擦拭,汗水、药水合二而一。

喷多了,就看到棉枝绿叶起起伏伏。扔下药筒,我奔进河里洗一个痛快。我知道,这是中毒的前兆。棉农,无法选择。

打着打着,棉花就长大了。枝枝相连,叶叶紧贴,错综合拢。我和父亲,小心翼翼绕过棉枝,天天喷洒。

太阳落山时,我总有些焦躁,天天如此。父亲不问,这是活儿,不干就收不到棉花,收不到棉花就没有钱花。

我有些惭愧,继续深入棉地,在夏季的血脉里游走。

分　数

分数是整个夏季的心跳。

先是家长。登门,打电话,打手机,态度高过温度,上升了几个值。

接着是学生,天天跑来问。扑头扑脸的汗,还有热情。

我也是,数着日子等,将日子等的又滚又烫。

终于,像一朵迟开的花毕竟开了。一张密密麻麻的纸贴在橱窗里,印证着许多人的努力。

有人高兴,有人哭了。分数后面掩盖着金钱,一分就是一口袋粮食,也掩盖着命运,也许继续读书,抑或背起行囊远走他乡。

幸福的关键词

乡下的孩子眼泪朴实，大滴大滴往下掉。我便安慰，送走，说还有明年，还有远方。知了扇着风，高歌着，和夏季的心跳一个旋律。

游　泳

游泳是一种宣泄。

周围有绿树、知了，有田野、蝈蝈。一汪碧水，人像鱼，确切地说，人和鱼一同畅游。

这绝对是一种意境。

我见过一个洗浴中心，阔大。也有模型树添置一些人工绿，但总不自由。那是洗澡的地方。

洗澡和游泳的区别是前者去掉躯体上的浮尘，后者还可以让心灵纯净，放松。

所以游泳是一种回归，回归于初生时的无知无妄，幼年的至纯至性，少年的率真率善。仰面朝天，脸浮绿水，水柱朝天，人翔潜底，每一种姿势都代表一种心情。任性而为，随意而游，人是水中的一根草，草在柔波里招摇。

当然，我也游泳。离了校门回到老家，半小时的路程。儿时的池塘，长大的我，依旧儿时的方式，抹上一身黑泥，厚厚的，大把大把的。然后纵身而入。

《红楼梦》里说，男人是泥做的，女人是水做的。我从水中探出头来——我是什么材料做的？

季节剥落的声音

中巴车开进村庄

有些人刚进入梦乡,有些人还在找着频道。我听到了汽车开进村庄长长的笛声,低低的发动机轰鸣声交杂着从东往西一卷而过。

车主焦急地按着手机,便有农人扛着口袋走来。"人呢?人呢?不是说好 20 个吗?"老板娘的声音有点儿嘶哑:"有人笑了,说,老婆孩子热炕头,谁不想多待一会儿!"

烟头一闪一闪。大家将包放在座位上,人站在车下,等着迟到者。又一处犬吠,大家辨别着方向,推断谁谁该来了。村庄,并不寂静。

喇叭又响了,急急地,尖尖地。老板娘撺掇着农人过去喊,然而没有,大家都在闲谈、吃烟。人,怎么能不来?晚走两天,就找不到工。

又有几家灯亮了,有人打着呵欠提着灯凑到车前,询问着路线。还有人家倦倦地,闭上了新年的电视。

终于,中巴喘着粗气走了。一路狗叫,追着咬,还有鸡鸣,此起彼伏。

掠过田野的大火

我喜欢目睹一种豪放的动态,比如滚滚江水,呼啸而过的

第五辑 那些温暖的地方

幸福的关键词

台风，但我惧怕灾难，所以，我总是怀着敬畏的心情观看掠过田野的大火。

我看到的田野很空旷，远离村庄，没有了麦浪。几处零星的火在悠闲地燃烧，就像调皮的少年用以烤黄豆的堆火。我还看到几个农人正拿着麦秸紧张地跑动，所过之处，火光渐明。于是，我眼前浮现了很多篝火般的回忆。我感觉有热浪袭来，一股股火舌迅速向前吞吐，一条火龙形成。很快，两条，三条，那些恬静的火突然发了疯，飞奔起来，红红的，亮亮的，席卷着麦茬和腐叶前进。

但我惊异的是，一种巨大的声音也挟袭而来，那是一种响而彻的声音，"毕毕剥剥"的麦秸燃烧，混合着风声，"噼噼啪啪"吹拂近处，这是一种和火灾燃烧时相近的声响，我却不害怕。

我向后退着，想着，跌倒了，用手一抓，几粒麦。我把它扔进火里，啪啪作响，竟有香气。

棉花或者玉米

棉与棉之间，看起来很宽，却被四下里伸开的枝拦住，不能走。

可棉桃使劲地咧嘴，然后在太阳下傻笑。那白白的，厚厚的嘴唇对称地咧着，实在招人喜欢。还得摘，于是挎着篮子的庄稼人小心翼翼地走了进去，伸腿，下脚，站稳，去掰那盛开的棉花，棉条一缩，反弹回来，抽在篮子上、布做的裤子上，朴质而热烈。腿再往前伸，棉条不断地回拨着，一下，两下，接二连三抽打着衣服，篮子，层层有序，像一曲舒缓的抒情乐，点点枝枝，声声叠韵。这时竟游刃有余，在密不透风的棉地里。

掰了棉花的农人也去掰玉米，先"哧哧"打下一片片叶子，

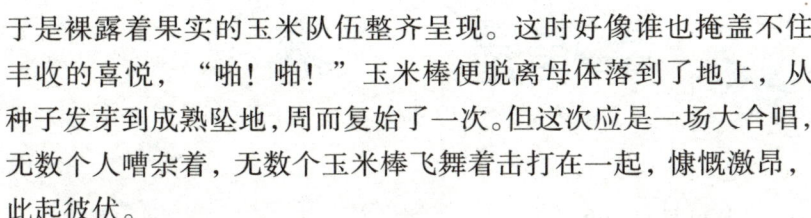

于是裸露着果实的玉米队伍整齐呈现。这时好像谁也掩盖不住丰收的喜悦,"啪!啪!"玉米棒便脱离母体落到了地上,从种子发芽到成熟坠地,周而复始了一次。但这次应是一场大合唱,无数个人嘈杂着,无数个玉米棒飞舞着击打在一起,慷慨激昂,此起彼伏。

于是,带筐的自行车,吱吱作响的独轮车,拉满玉米棒的四轮机轰轰作响,一起挤在田间小道上。

关于风箱

一到冬天,我喜欢坐在厨房里,烧锅。

抓上一把草,厚厚地塞在灶间,这手捏着烧火棍捅捅,那手中的风箱便抽起来了。正好握的柄,长长的竿,一抽一送,风门的小舌就啪嗒作响,火头也一点点旺起。农家的孩子,猴儿急,不让风箱闲着,一个劲地搜,灶火通旺,映红了脸,温暖了心,灶上热气腾腾。

冬日的风箱太受欢迎。孩子、老人自不必说,稳坐闲抽净暖身,就连年轻人也挤进去凑热闹。打工回来的,放下背包,蹲在灶前,尽情地和媳妇聊个够。放假回来的学生,映着灶火,兴奋地介绍学校里的新鲜事,让妈妈停下了锅铲,满足挂上了眉梢。还有回娘家的闺女,走亲戚的侄女,都就着温暖闲谈农事,叙说亲情。只可惜,往往说者口若悬河,忘记了抽风箱,听者聚精会神,忽略了动锅铲。"糟了,没火了","坏了,糊了",灶上灶下,一片惊呼,既而又响起了欢快的笑声。草,再塞进去,风箱,又一次悠闲地响起,让炊烟袅袅升起。

幸福的关键词

 ## 幸福是一只鹅

幸福是什么？

当有人提出这个问题时，大别山的寒风正强劲地沿着山势奔来，冲荡着寝室的温暖。

时间，1996年的元旦。地点，六安城东一个叫大学的校园。

沈世虎说幸福就是今年能分回镇上的水产站，学以致用。他的话我们信，和家人团聚是一种幸福。但是镇上的地方是不是小了点？

胡友峰说幸福就是再上一次大学，学些自己想学的东西。他有一双灵巧的手，演奏一些叫作艺术的东西，可是这和大学有关系吗？

孙健说幸福就是多抽一些香烟，去掉烦恼。屋里的烟大多是他行走的标记，他喜欢在迷漫中沉醉。

轮到我了，我说幸福就是我看的杂志上有我的名字。大家都笑了，说，你以为是读唐诗啊？连情书都还不会写呢。我也笑，因为我真的不会写情书，因为我手里拿的杂志叫《读者》。

寝室里最小的冯建国激动地说幸福就是能挣上一笔钱把家里的账还清。我笑了，因为他胆子太小，到别的寝室借东西都不情愿。

大家继续畅想，毕竟新的一年又开始了，向前看，向前走，终归有希望。希望是生活的花红是人生的柳绿，勾勒希望就是埋下了种子等待萌发。所以我记住了大家的话。

所以十年后我还清楚地说出了他们的愿望。他们都笑了，问，有这回事？少年心事当拿云，那些随口而出的愿望早已在心底发酵，发酵，酿成最甜的香气。他们还是笑，胡友峰说下次来

杭州吧，我正在浙大读博。孙健开了一个超市，香烟看来可以慢慢享用了。冯建国在外企，家里的债早该还清了吧。还干本行的沈世虎没有辜负大家的期望，发表了很多专业论文。

还是老问题，幸福是什么？十年了，生命有了含义，精神有了内延。他们都说目标已经实现，下面的幸福是什么呢？幸福也许就是做着自己想做的事。他们都说你谈吧，你是作家，你的文章已登上《读者》很多次了。我说下次吧，思考两天，弄点儿有文采的答案。

于是我想起那个静静的上午，新年的阳光洒在院子里。我在看书，鸡在啄食，鹅在散步，安静而和谐。一种尖厉的声音打破了静谧，那只熟悉的鹅突然展翅突然飞起，在小小的院子里飞向空中，飞过前屋，飞过门前的菜园，在我的惊讶、呼叫、奔跑中飞过池塘。我有一种奇异的感觉，这是一个大新闻，家鹅在空中飞翔。我记住了她飞翔的美丽，翅膀大而轻盈，洁白的颜色在空中游弋，留下一些飘荡的羽毛。

父亲回来了，他不信，母亲也不信。只有我，一个12岁的孩子在新年的钟声中记住了一次神话，真实的神话。

在一片质疑声中我一度否定自己。鹅如何飞上了天空？但那碧水上，白杨间，振翅飞翔的自由与飘逸一直印在脑海间。我知道，那只鹅真的飞上了天空。

于是今天的我豁然开朗。那是一只生在农家长在农家的鹅，它有理想，它认为自己可以飞上天空与白云为伴，它想穿过树林与鸟儿歌唱。它做到了，一个神话出现了，因为梦想。

沈世虎，胡友峰，孙健，冯建国，他们做到了，因为梦想。他们也是一只鹅，一只幸福的鹅，土生土长却可以飞到空中的鹅。

我很高兴，通知他们答案有了。幸福是什么？幸福是一只鹅，一只土生土长却可以展翅高飞的鹅。你们都是一只鹅，我说。他们笑了，说，丑小鸭变成天鹅，因为它本身就是天鹅的蛋。

幸福的关键词

一只普通的鹅怎么可能翱翔蓝天呢？

我讲了那个新年的上午的奇异景象。我说，你们在新年开始筹划未来，那只鹅在一年中的第一天腾飞，你们实现了理想，不是鹅是什么。

他们在沉默。好久才有人告诉我，我承认我是一只鹅。又一个新年开始了，为什么不告诉更多的人？

我急急地打出一段话：因为有梦想，土生土长的鹅也在空中飞舞。纵然过程短暂，但幸福足以震撼终生。

然后我泪流满面。

经过一座山

我每天都要经过一座山。

山叫屏山，好像是环翠如屏的意思。当地人经常写成"平山"，据说是因为山比较平坦，并不高大。这是名称的问题，与我无关，我只知道我经过的是一座山。

每天上班时，刚坐上中巴，就可以看见她。远远的，像是一抹绿色。晴天时润一下眼，阴天时添一些底色，我只是看着，与山无关。车子开到山顶时，我照例要看那颗比较奇怪的松树，歪歪曲曲的，像是生了气，有时像是伸了懒腰。可惜呼啸而过，我就下山了。下班时慢一些，可以远远地看，山就睡在那儿了，不声不响的，我在寻找那两颗高大的榆树，在满山遍野的松树中让人赏心悦目。看到了，就高兴一下。看不到，就走了，我要回家。

原来没有这么幸运。原来我在乡下一个地方工作，看平山是一种奢望。每年春天时，带着孩子去一次。孩子很喜欢，说能爬上去，还有野花，还有一处悬崖，还有一个很长很长的山洞。其实我知道，她喜欢的原因是可以带上可乐、面包，这些是平日没有的。我自己每个季节去一次，没有破过例。春天时，我带着一本诗集，在东坡静静地看。夏天到了，在南坡最密的林子里静坐，什么也不看。秋天到了，站在山顶，远远地看，炊烟，或者树林，心里就踏实。下雪的时候，从西走到东，回去，睡觉，连梦也不做。去了一次，踏实一次，山跟着回来，心就安静了。

　　以前没有这种感觉。平山就是平山，很平的山，可以骑着摩托上去。我是看过一些山的，高高矮矮的，坐过、躺过、喊过、拍过许多照片。可是我却记住了一座山，没有名字，也不高大，没有悬崖。那天晚上，有月亮，那是我没有想到的。同学说，到我家地里坐坐吧。我们就走，穿过疏松的茶树，还有弥散在空气里的香气，我们到了山顶。有一块平地，可以睡。我就睡，看月亮在群山上，不说不讲。我们也不说话，躺着，记得还翻了两次身。没有声音，应该是静止，连虫子都不说话。从脸上流淌过去一些气息，风，也可能是花香，或者是月光。同学说，这是他家的茶地，还有两个。我什么也没有说，只是想，有自己的一座山，多好。

　　平山不是我的山。我过去时，她是沉默的。我过来时，她是沉默的。我坐在某一个地方时，她都不曾看我一眼。山脚下有一口池塘，我洗过手，洗过脸，水也是沉默的。山顶有一片大石，缓缓地斜在那儿，几棵小草招摇着，我坐上去，坐在沉默的石头上。吹过的风，和飞过的鸟，有时是一只野鸡，都和我无关。于是，我默默地下山。

　　可是，我需要一座山。就像父亲需要一把锄，在他的土地里。就像母亲需要一件围裙，在充满炊烟的厨房里。我需要一座生动的山，可以和我对话，说说她看到的匆忙的商贾、摇曳的少

幸福的关键词

女、长长的部队，不问朝代，不问内容，我都想听。我需要一座安静的山，安静得让人想哭。那个大别山的晚上，我被安静折磨哭了。安静真是一个好伙伴，什么都不想，什么都可以想。我需要一座山，有两眼泉，我坐在旁边看书，渴了，喝两口泉水。我还可以背着泉水回家，泉是山的诗句，一点儿也不拖泥带水。我问过很多人，很多人都说需要一座山，一座自己喜欢又属于自己的山。可是，我只有平山。

平山在 104 国道旁。平山看到了很多快乐和不幸，繁忙和单调。平山喜欢在春天说话，喜欢很多人来看她，那时，平山是笑着的。我在一个春天的晚上上山，平山已经安静了。松树也是安静的，月光是安静的，我也是安静的。空中总是会有村庄的气息，我不拒绝。我是村庄菜园边的灰灰菜，习惯了炊烟的味道。我就在那儿坐着，想起很远的以前，我在一条河前下来，好像还洗了一把脸。后来我知道，是认一条河做亲戚。很多孩子都认过一条河、一座山、一棵树做亲戚，祈求健康，快乐，平安。这是多么亲近的方式，一个人，和身边的自然，和身边的历史，就密密地结合在一起，没有距离，没有陌生。后来，我在那条河边的一个镇子上工作，经常经过，每一次，都亲切，都喜欢。就像现在，欣喜，单纯，安静。

然后，我就下山了。下山时，被绊了一下，是一块石头。我绕过去，仿佛绕过我自己。平山就在我身后，不紧不慢地跟着，一步也不离开。

不要忘记和一只猫说话

进储藏室时，我被一个黑影吓了一跳。仔细看，是一只猫，跳在窗户上看着我，仿佛责怪我的不请自入。

这是我的储藏室，放杂物和自行车。这几日因为有事，没进来牵自行车，猫便侵占了我的领地。我瞪着它，直至它离开。

第二日，开门时，猫又跳到了窗户上。是一只花猫，白里带着黑，最纯净的颜色组合。我挥了挥手，它又跳下去。牵自行车时，闻到一股怪怪的味道，在这狭小的空间里游荡，并不好闻。

回到老家时，告诉妻。妻忙问，窗户关了吗？我想起，没有关，天太热，关上太闷。妻便叮嘱明早一定要关窗，如此猫就进不去。女儿倒是很惊喜，忙问能不能将猫留下来，喂着，带它玩。

果然，开门时，那个黑影又跳了一下，出现在窗户上。我挥挥手，它没有离开的意思。再挥手，它叫了一声，瞪着我，仍然站在窗户上。想起妻的叮嘱，便走上前去，将窗户关上，那只猫，蹲在花园里，看着我，一言不发。于是，感觉有些奇怪。在屋里找了一下，那个墙角的废物盒里，四只小猫，软绵绵地趴着，互相依偎着。一下子明白，那只猫，这几只小猫，还有这个箱子。

我原谅了流浪猫。离开时，将窗户又打开。那只猫又跳上了窗台，使劲地看着我。

再回来时，我轻轻地开门。猫继续跳上窗台，只是不再迅速。而且，等我一关门，就跳了下来。有一次，在小区遇见我，竟然停了一下，看着我，不再跑动。

我就有些得意。告诉女儿，那间储藏室，成了猫的天堂。的确，

第五辑　那些温暖的地方

幸福的关键词

两只棉鞋东倒西歪，一个箱子里的矿泉水瓶也在屋里四处漂泊。最关键的是，两块大大的鱼头骨赫然出现在桌子底下。并且，我进去时，它们不再躲藏，反而盯着我，也许不满意我的打扰。

妻当然不满意，列举了很多毛病，要我将猫赶出去。女儿说，下雨了，它们出去会着雨会着凉会冻死。江月很恳切地说，做人不要"灰太狼"。她举例证明，是四只小猫，全是花猫，非常好看。

的确下雨，一天接着一天。我也一天接着一天，牵自行车进去，牵自行车出来。那猫，不再跳。那小猫，停止游戏，然后继续。屋里的书本、旧衣服，纵横着，以各种姿态呈现着。

妻子很严肃地说，20天了，小猫可以自主生活了，明天必须将猫赶出去。我开门时，没有那只猫，看了箱子，小猫不在。又看了桌子下面，也没有。我意外地舒了一口气，心里释然，它们自己走了，我没赶它们，我心宁静！

于是，我关了窗子。中午遇到熟人，没有回去。晚上继续回老家，告诉她们，猫已经走了。江月担心小猫，我向她保证没事，跟着妈妈流浪，痛苦也会变成幸福。

所以，我写在日记里：5月25日，天晴，微风，猫的一家乔迁新居，小猫迈开人生第一步，可喜可贺。26日中午，我回到储藏室。奇怪的是那猫在楼前的花园里，我自作主张地冲它挥挥手，它没有理我，就蹲在窗下的花园里。也许是故地重游，我对自己微笑了一下。

门开了，依旧是天堂，东倒西歪的鞋，横斜不一的矿泉水瓶。只是在那块废玻璃后面，有两个重重叠叠的影子。走进去，心里突然空荡荡的，突然无助，突然失落。两只小猫在慢慢移动，没有可爱，没有活泼，也没有乖巧。无力，瘦弱，还有很多个形容词，都在积淀，在爆发。可我分明看了箱子，分明没有看见小猫。再去看那个曾经贮满欢乐和温馨的箱子，的确没有猫。

然而，另外一只箱子，还有两只猫，小小的闪着玻璃一样光芒的猫，睁着眼，打量着我。

我无话可说。从那天清晨的检查到自以为是的确认，已经是48个小时。这中间，那猫肯定在外面，在窗户底下徘徊，穿巡，甚至跳上窗台，呼喊，咆哮。也许，就对着玻璃，呆呆地看，不忍离去。这几只小猫，没有食物，没有饮水，没有母亲，没有灯光，就这样一点点消耗着，等待着，希冀着。

我只能无话可说。我要做的就是打开窗户，那猫，迅速跳了进来，未曾看我一眼。

打电话告诉妻，妻叹了一口气说，让它们住吧。江月很责怪我的疏忽，质问我，你怎么不检查那一只箱子？我安慰自己，已经很幸运了，幸亏是两天，幸亏我回来得早，幸亏那几只小猫在一起相互有个依靠。

上班时，便有些无端的联想。想那48个小时里，是否是一场地震，对于那四只小猫，将它们置于孤立无援的境地。这样想着，竟有些无法原谅自己。中午回去时，看那猫，多了几分柔软。

猫竟然不理会。看我进去，不再跳到窗台上，不再离开小猫跑到另外的地方等我离开。我开始微笑，冲它示意，还有挥手。

周五的晚上，妻和江月来城里。江月要看小猫，小猫已经在箱子里，那猫也在，睡着，看我们。江月放进去一个饺子，猫喵了一声，算是回答。我高兴，这是它第一次和我说话。

天气不好，总是有雨。妻说让它们住吧，大了自然会走。果然，再进去时，小猫不老实了，桌子上，箱子里，玻璃后面，到处乱窜，也不怕我，自个儿玩。那猫有时在，看了我，不躲，不叫，目光暖了一下。

一个亲戚说租房到期了，想借储藏室用一段时间。犹豫了好一会，才告诉她里面有人住，不方便叫她们走。虽然这样说，还是去看看小猫能不能自己活动。门开了，都不在，那猫和那

幸福的关键词

小猫。地上仍然是快乐的痕迹，包括凌乱的鞋，凌乱的矿泉水瓶。

我郑重地关上窗户。我仔细地打扫着这间小小的屋子，将那块鱼骨捡起，拿走。我有些后悔，没来得及和猫说上一句话：比如道歉，差点毁了四只小猫；比如欢迎，来到我们家做客；比如友好和亲切。其实从上小学开始，已经疏远动物，已经学会在文字中触摸真实的猫、狗，它们成了作文训练题，成了抒情的对象。但是，它们渐渐远离了我。我是很想和猫说上一段话的，拉近一些距离。它不知道，人和人面对面说话也不容易，大家都小心着，谨慎着，不愿意多说一句话，只有在网上，才可以随心所欲说上一会儿。它不知道，人和一只猫对话有多难。除了变成宠物猫，除非变成实验猫，对话已经很遥远。人和猫说上一段话，储藏室也会变成天堂。

路　上

从泗县到杨集，40里路。我骑着电动车出门时，感觉有些冷。

冷了的早晨，街上依然有许多人。提着塑料袋、端着大盆去澡堂的妇女，坐在店里喝着辣汤吃着包子的男子和孩子，骑着三轮车买菜的小店主，还有许多倒着走的人，在绿化带外侧兴致勃勃，和别人不停交换风景。

我骑得不快，赶不上风，也赶不上呼啸而过的车。这个早晨，依然遇见了长长的车队，带着白花，和我同一个方向，向北前进。北面出城有一条河，河的北岸有一个殡仪馆。每一天，都会有一个或者两三个素不相识的人在那里和亲人告别。现在是各式各样的车，车里坐着各种各样的人。有时，会放一挂鞭炮，更多时候，会有许多方方正正的草纸从车上飘落，像是树叶，从我的车前飞过，翻身，继续前进。

到八里桥时，看见了太阳。这个太阳落在河里，也挂在树梢上，我就有了一丝温暖。想起多年以前，一个学生的作文里的一句话：风，在父亲的棉袄里游走。理所当然，又一次感动。我没有穿棉袄，风也没有在我身上游走。风关注的是身边来来往往的车辆，它们从北向南，或者从南向北，不知疲倦地奔走。这些司机和我一样，知道这条路的起点是北京，终点是福州。路旁有标记，G104。我常常骄傲，它像一个箭头，直接向南，或者向北。我给学生描述时，它成了一条动脉，或者一条河流。不在此岸，就在彼岸，水流不止。这是我说过的话，有一些学生记在本子上，然后有一个学生到了北京，沿着G104。他写信时，激动了一阵子，告诉我，这条路的起点是课堂。

我已经不在课堂上了。我的速度一点也不快，20码。所以，卡车，小轿车，摩托车，连贩菜的小三轮都从后面或者对面与我擦肩而过。这条路的旁边，也有许多工程车在忙碌着。据说在修建一条高速公路，和一条铁路。来来往往的人，匆匆忙忙看上一眼，记在心里，充满着希冀。这片土地，好像闲散惯了，永远悠闲，从容。这条高速公路，忽的一下，带走许多闲适，带走许多投向远方的目光。我是安静地行走，我的目光一直在前方。前方是屏山，一座起起伏伏的小山。我加到了35码，极限速度。然后，到了山顶，很冷，风从林中冲出来，撞到对面的墙上，又卷着树叶，来回跳跃。

过了屏山，下了G104，忽然安静。现在是8点20分，我行走在一条乡间公路上。路两旁是刚出新苗的田野，一丝一毫的绿，隐隐约约，叫人担心而喜悦。没有一个人，也没有一辆车，除了一群麻雀，忽的飞到这边，又飞到那边。安静无边无际，树林中的村庄，树枝上的干叶，沟渠里的秋水，还有向前流淌

幸福的关键词

的公路，都在安静中一点一点从容，舒展，清晰。然后，向身后退去。

终于，遇到了一辆中巴。终于，又遇见了两辆灰头灰脑的出租车和一辆脏兮兮的小中巴。车里闪过一些面孔，并不陌生。他们去县城，去排很长很长的队看病，去大大小小的学校里看望一个星期没有回家的孩子，去那个人来人往的车站向一个似乎很熟悉其实很生疏的城市出发，去一个相熟的城里人家赔着笑脸说出一两件为难的事。他们，是这个乡村的主人。他们，是这条道路上的麻雀，来回奔跑着。曾经，我也是。明天早晨，我还会坐在中间，穿过这么一段长长的寂静，拐上G104，翻过屏山，去那个小小的县城。

现在，我还在路上。路上，突然热闹。路上，突然出现许多人许多车。到杨集了，是一个逢集的日子，杨集没有理由不喧哗。孩子在车站看见我，招手。我笑着下车，将她抱上车。

太阳继续上升，风继续奔跑，可是，我一点儿也不冷，慢慢地，在热闹中温暖自己。